事故物件、いかがですか？　東京ロンダリング

原田ひ香

集英社文庫

目次

事故物件、いかがですか？　東京ロンダリング

うちの部屋で人が死んだら

「におうんです」

不動産管理会社の三木《みき》さんが電話口で言った時、私はショックを受けながら、そんな題名の本かマンガか使い捨てカメラがあったなあ、と頭の片隅で考えていた。人間はあまりに大きな衝撃を受けると、まったく関係のないことを考えて精神のバランスを取るのかもしれない。

「一〇三号室です。山中雄二《やまなかゆうじ》さんのお部屋の」

山中さんはちょっと体がひ弱そうで顔色の悪い年配の男性だった。独身で職業を転々としているらしい。細かいことまでは聞いていないが、入居時にはおもちゃ問屋で働いている、と言っていた。私の祖母が生きていたら、あの人は腺病質《せんびょうしつ》だ、と言ったことだろう。卑屈に「にひひひひ」と笑うのが常で、悪気のない人だが、「こういう人は職場でむずかしいだろうな」と、契約の時になんとなく思った。身長百七十センチの、女としては背が高い私と向かい合わせになって、その笑い方で笑われると、なんだかこちらがひどいことをしているような気になってしまう。そういう損な雰囲気を身の回りに漂わせていた。

「でも、お家賃はちゃんと入金されてますし」

と言いながら、はっとした。先々月までは確実に入金されているが、先月分はまだだ。でも月半ばだからしばらく待とうと思っていた。

「次のお家賃が振り込まれないのを確認してからでもいいんじゃないですか」

このところ連絡が取れない、電話にも出ない、家に行ってもいない……そういった事実の上に、臭うという現象が重なっていると彼が言っているのに、私はたった一つの命綱にすがりつく。

「ああ、それはたぶん、家賃保証会社から払われているからでしょう。二か月間は保証がありますから」

三木さんはむしろいきいきしていると言ってもいいような口調で言う。

確かに家賃はいったん、家賃保証会社に払われ、それがうちの口座に入る仕組みになっていた。たとえ、彼からの入金がなくても、会社が支払い、取り立てまでをしてくれるのだ。その代わり、賃借人は家賃の五%を取られる。山中さんは保証人がいないから代わりに入ってもらっていた。

「え。じゃあ、こちらは異変に気がつかないじゃないですか。中で倒れていたり、夜逃げされていても気がつかないということですか」

「まあ、そういうこともありますねえ。ごくまれな例ですが」

なんと。

便利だ、ありがたいと思っていた、家賃保証がこんなところでこちらに牙《きば》をむくとは。

「とにかく、セロハンテープもはがされていないので、警察に連絡して……」

警察という言葉にもどきりとしたが、その前の単語にも疑問があった。

「セロハンテープって？」

「毎回、行くたびに、ドアの見えにくいところにセロハンテープを貼《は》っておいたんです。出入りがあればはがれますから、そこに人がいる、という証《あかし》になります」

「でも、出る時にそっと戻しているのかも」

「なんのために？」

静かな声だった。私を我に返らせるのに十分な。現実を直視しなければならない。

「とにかく一度、中を確認した方がいいと思います。できたら、できるだけ早いうちに」

もちろん、とすぐに言いたいところだが、主婦の私にもなかなか時間がない。

朝六時に起きて夫と自分のお弁当を作り、子供たち、美羽《みわ》と悠斗《ゆうと》にご飯を食べさせて小学校に送り出し、片づけ物と洗濯をして近所の「スーパーやしま」で十時から三時までレジ打ちのパートをし、買い物をして帰宅。家に戻って子供二人を迎え、洗濯物を取り込んだり、夕飯を作ったり食べさせたりして、気がつけば夜。子供の勉強を見た後、お風呂に入れて寝かせ、残業を終えて夜中に帰ってくる夫を迎える。息をつく暇もない。「スーパーやしま」は最近、別のパートさんがやめたばかりで休みがとりにくいし。

まあ、三十八歳の主婦としたら、平均的な日常じゃないだろうか。

「ではご主人に来ていただいてもいいんですよ。アパートの名義はご主人ですので。アパートの中を見るのも奥様よりご主人の方がよろしいでしょう」

「いいえ、夫は帰りがいつも深夜ですので」

「ああ」

三木さんの返事に、ほんの少しため息と、了解の意が含まれた。

わかってますよ、いつも大変ですね、のねぎらいと同時に、あなたもあの旦那さんには苦労しますね、だと思うのは、考えすぎだろうか。

三木さんがうちの夫と会ったのは、義父からアパートを相続してその手続きをした時の一回だけだ。それだけでも、彼の人となりはわかっているに違いない。

「それでは、スーパーに行く前か、逆に夕方などはいかがですか。短時間でもお時間をいただければ」

「子供を誰かに預けられれば、夕方の方がいいかもしれません」

「では明日の夕方に」

電話を切りながら、おじいちゃんに預けよう、と考えている自分がいて、すぐに「ばかな」と否定する。その義父が死んだから、あのアパートを相続したのに。

夫、加島保隆《かじまやすたか》の父親、修《おさむ》は、十代の終わりに八歳年上の妻と早い結婚をして二十の時に息子を作った。だから、私とも二十二しか違わなくて、三十近くに私を産んだ親たちと比べて、若い人だなあ、という感覚がいつもあった。結婚した時に、すでに義母は亡くなっていた。若い、と言っても、彼が若作りをしている、とか、若い人間に理解がある、とかではない。義父は年相応に枯れた、普通の人だった。

それでも、自分が歳《とし》を経るごとに、義父はどこかもう親というよりも「同世代」に入りつつある人、という感じが強くなっていった。亡くなったのは五年前で肺がんだ。まだ五十五歳、生きていればちょうど六十歳になっていたはずだ。

今でも、彼がしていたことや言っていたことが時折思い出される。懐かしいとか、慕わしい、というよりも、よくわかる、という感覚だ。世間との付き合い方、折り合いの付け方、お金の出し方遣い方、子供の叱《しか》り方許し方、責任の持ち方、人生の諦《あきら》め方……

正直、その息子である夫より彼の方が近しかった。

たぶん、彼がまだ生きていて、私が四十を過ぎたら、その思いはさらに強くなっていたはずだ。

「康江《やすえ》さんねえ、肝心なお金はカードや何やらじゃなくて現金の方がいいねえ」

「朝の挨拶《あいさつ》や盆暮れ正月の付け届けは欠かさなくても、深入りしない、それがご近所というものさ」

「子供は借り物だと思ってればいい」

関西のどこかの出身だという義父。その詳しい経歴も、ほとんど聞いたことがなかった。どこで義母と出会って、歳の差を乗り越えて結婚し、アパート経営をするようになったのか、時々、ちらりちらりと言葉に表れるのをつなぎ合わせるしかなかったが、夫は私よりさらに関心がないようで、何も知らないらしかった。

そんなに早く逝《い》くと思っていなかった。もっと話を聞いておけばよかった。

年上の妻と歳の差があり、生来、ひとところにとどまって勤めを続けられない自分の性格をかんがみて、早いうちから小さなお金を貯《た》め、ローンを組んで、あの木造アパートを買ったということだけは聞いている。

自らを真面目でも働きものでもない、と言っていた人だが、その才覚は、だらだらと好きでもない勤めを続けるその息子なんかよりもずっと上だ、と私は思う。

ローンを返し終わった、五十二の時に仕事をやめ（その働き先も、実はよく知らない。なんでもネジを扱うメーカーらしく、時々、ネジの話をしていた）、居を自分のアパートの一室に移し、日がな一日、ぶらぶらと煙草《たばこ》を吸う生活になった。たぶん、それが彼の長年の夢だったんじゃないだろうか。今ならFIRE《ファイヤア》（早期リタイア）した人と言われるかもしれない。

しかし、その理想の生活も三年で終わってしまった。

一日ぶらぶらしていると言っても、朝は早く起きてラジオ体操とアパートの周りの掃除を欠かさなかった。図書館で借りてきた本を読み、自分で釣ってきた魚をさばいて干物にし、アパートの住人に配ったりして、無為に時間を過ごしているわけではなさそうだった。

肺がんになっても酒煙草をやめず、好きなように死なせてくれ、と言って、強い痛み止めを使ってもらってそう苦しまずに逝った。

しょうがない。

義父を思うと、そういう言葉が浮かんでくる。

しょうがない、好きなように生きた人なんだから。しょうがない、わがままな人だったから。しょうがない、ああいう人なんだから。

しかし、近親のものにとって、罪悪感を感じさせず、「しょうがない」と思わせる死ほど、思いやりに満ちたものがあろうか。

「ねえ、三木さんから電話があって、一〇三号室の山中さんがこのところ連絡が取れなくて、部屋から嫌な臭いがする、って」

深夜に戻ってきた、夫に説明した。

「ふーん」

夫はスマートフォンを見ながら、返事をする。彼は朝も夜も、私の前ではいつもスマホを見ている。私は彼の表情を観察した。少なくとも、驚きや落胆の色が見えるかと思ったのだが、なんの変化もなかった。諦めて続ける。

「一度、見に来て欲しいそうよ」

「ああ」

「明日、子供たちを美菜《みな》ちゃんママに預けて、夕方、三木さんと家賃保証会社の人と……もしかしたら警察の人も一緒に」

返事なし。

期待していなかった。アパートを相続してから、雑事はすべて私がしている。そうなるかと予想していたのだが、ここまで私の負担が増えるとは思わなかった。頼んでも動いてくれないし、相談するだけ無駄だから、こちらが先回り先回りして、結果だけ報告するのが当たり前になってしまった。

それでも、今回はこれまでと事情が違う。大家のリスクはいろいろある。主なものは、家賃滞納、夜逃げ、変死で、どれもひどい損害を受けるが、変死だけは別格だ。

何かしてくれ、とは言わない。せめて、一緒にショックを受け、悲しみ嘆いてほしい。

「あなたが行ってくれない？」

つい口をついて出てしまった。彼の感情を負の方にでも動かしたくて。

しかし、返事はない。

「ねえ、あなたが行ってくれない？　いつも私ばかりじゃない。子供を預けられるかどうかもわからないし、美菜ちゃんママにはこれまでずっとお願いしていて、頼みにくいし。あなたの名義のアパートじゃない。不動産管理会社の三木さんも、男性の方が来てくださった方がいいんですけどって言ってたわよ。どうして、いつも私ばかりがやらなきゃならないの」

夫はやっと新聞を下げて、私を見た。

「俺、仕事があるし、お前、暇だろ」

暇じゃないわよ、「スーパーやしま」のパートもあるし、あなたが何一つ家事をしてくれないから朝から晩まで働きっぱなし。それにアパートの掃除やらなんやらも全部私がやっている。

言いたい言葉は、結局、飲み込んでしまった。言ってしまったら、きっと、彼のもっと何気ないけど本心を表した言葉を返されそうだったから。例えば、私のパートをバカにした言葉とか。

夫の洞穴《ほらあな》のような目を見て、「この人も疲れているのだ」と自分を納得させて、食卓から立ち上がった。夜食の食器を片付けて、キッチンに立つ。

「お風呂に入ったら」

その言葉が何かの結界を開いたように、彼は大きなため息をついて立ち上がった。

これでやっと女房の前から退散できる、今日も一日お疲れ様、おれ。

そそくさと風呂場に向かった彼の後ろ姿からはそんな声が聞こえたような気がした。

義父からアパートを相続して、それまで義父が管理していたのを、不動産屋に勧められて、不動産管理会社にお願いすることになった時、三木さんの会社で話をした。

夫はろくに説明を聞かず、ずっと面倒くさそうに生返事をしていた。

しかし、三木さんが契約金と家賃の五％を管理費として受け取るという、お金の話を始めた途端、それまでの夫の態度が一変して、身を乗り出した。何度も何度も、その必要性をただし、くり返し説明させた。さらにやっぱり管理は自分たちがやる、と言いだして、私をひやひやさせた。それはどうせ私に降りかかってくるに違いないし、初心者にできるはずないと思ったからだ。三木さんは終始にこやかだったけど、私は顔から火が出そうだった。

結局、私と三木さんでなんとか夫を説得して、契約を結んだ。しかし、それからというもの……驚くほどたくさんの税金を払わなくてはならない時、店子《たなこ》が出て行って部屋のクリーニングや何かでお金が必要な時、いつも夫に嫌な顔をされる。まるで、私のせいみたいに。

アパート経営なんて優雅そうだが、築四十年近い木造二階建ての和室のぼろアパート。部屋は八室、台所とユニットバス付き、という条件ではこのあたりの最低の相場とも言える、五万八千円。それでも空室がある。税金や管理費を払ったら、そう残らない。義父は自分で管理していたし、ちょっとした修理もできた。住居費もかからないのだから生活できていたのだろう。私たちにはとても無理だ。

アパートを相続してから、夫はお給料を私にそのまま渡してくれなくなってしまった。十万円を生活費にくれて、あとはアパートから入るお金で十分だろう、と言ってそれ以上は渡してくれない。とはいえ、賃料の振込口座は夫の名義で、時々、彼も引き出している。私もキャッシュカードは持っているけれども。

平凡なサラリーマンで深夜まで残業している夫にどうしてそんなにお金が必要なのか、私にはわからない。残ったお給料は貯金してくれていると信じているけど。

私と夫は同じ会社にいて、社内結婚だったから、職場の雰囲気はなんとなくわかる。今は深く考えるのが怖い。考えてもしょうがないと思う。

これは、義父とはちょっと違った、しょうがない、だ。

とはいえ、携帯電話代は家族割で夫が払ってくれるし、結婚三年目に三十五年ローンで買った家の月賦も払ってくれる。

加島さん、アパートもあるのにどうしてパートなんかしているの？　時々、お友達のママに聞かれることがある。

その時は、アパート経営にどれだけお金がかかるか、突然の修理や事故がどれだけ怖いか、少し大げさに語って聞かせるのだけど……実際のところ、嘘《うそ》ではないし。

相続して一年目、二階の部屋の風呂場から水が漏れて、その部屋の水回りの大改修と、他の部屋の排水管の見直しをした時は、請求書を見てぞっとした。もしかして、払えないのではないか、子供たちの給食代などにも支障がでるのではないか、と震え上がった当時の恐怖を思い出すと、今でもちょっとへその下がひやっとするほどだ。

あんなことにならないように、少しでもお金を貯めておきたい。

アパートを売却したらどうか、ということも時々考えないでもない。だけど手離してしまったら、あの義父との関係が切れてしまいそうで悲しい。

貯めたお金は、使わなければ子供たちの教育資金にもなる。お金を貯めて、悪いことはないのだ。

しかし、それだけだろうか。

どこかで感じている、名前の付けられない不安。そのために、自分は必死に働いているのではないか。

見ないようにしている現実の片隅で、そう思う。

見ないふりをしている間に、なくなればいいのに。

あの臭い一〇三号室も。

ここのところ、やっと気候がよくなってきましたね。

三木さんの第一声はただの時候の挨拶だったんだろうけど、安易にあいづちを打てなかった。

南阿佐ケ谷《みなみあさがや》駅で待ち合わせをした彼は、会社の車に乗ってきて私を拾ってくれた。そこからアパートまで徒歩で十五分ほどある。普段、私が掃除などで出向くときは、自宅から自転車で二十分ほどの距離をえっちらおっちら走ることになる。南阿佐ケ谷と新高円寺《しんこうえんじ》、永福町《えいふくちょう》、どの駅からも同じぐらいかかる場所だ。三駅使える、といえば聞こえがいいが、結局、どこからも遠い。

杉並区の秘境、陸の孤島、と笑ったのは、義父だった。買った頃はこのあたりもそのうち便利になるだろうと期待したけど、とんだ見込み違いだったらしい。そこにはいわゆるコミュニティーバスの路線が十年ほど前に開通しただけで、むしろ、昔より近所の商店街などは寂《さび》れた。

結婚したばかりの頃、夫に連れられてアパートを見せてもらった時には、東京二十三区内にもまだこんな場所があるのだ、と驚いたものだ。

「実は、あまりいい話ではないのですが」

私が婚約の挨拶のために夫の実家を訪れた日のことをぼんやり思い出していると、三木さんが遠慮がちに口を開いた。

「覚悟された方がいいかもしれません」

「覚悟?」

まるで、余命宣告をする医師のようだ、と私は思った。確かに、アパートにとっては余命宣告に違いないが。

「さっき、ここに来る前にアパートの前を通ったんですが、車の窓を開けたら……少し臭いました」

「はい」

「昨日より、強くなっているような気がしました」

「……ご近所の方は?」

「最近、見かけないと噂《うわさ》になってはいます。それから少し臭う、とも。ただ、お年寄りが多くて、若い方は昼間はほとんどいらっしゃいませんから、警察に届ける、というほどにはなっていなかったみたいですね」

「あ、警察の方には」

「午前中に、僕の方から派出所のおまわりさんに話しておきました。何かあったら、すぐに連絡することになっています」

「では私たちだけで？」

「僕と、加島さんと、家賃保証会社の方と」

話は弾まなかった。私はうなずきながら、彼の硬そうに結ばれたネクタイの結び目を見た。のどぼとけの下にあって、声とともに小さく動く。いつも高そうではないが、清潔なスーツを着ている。中肉中背、ちょっと平べったい体と顔。平凡すぎる容姿だが、親身になってくれる人だ。

「今年は冷えましたからね。あまり腐敗せずに、最近になってから一気に……」

彼は途中で口を閉じた。

アパートの前に行くと、やはり不安そうな顔をした若い女性が立っていた。たぶん、家賃保証会社の人だろう。こちらとはほとんど接触がないから、初めての顔合わせとなる。

車を降りて、お互いに自己紹介やら挨拶をした。彼女から渡された名刺には「細田《さいだ》あかね」とあった。

その間、私は、三木さんじゃないが「覚悟」を決めていた。

臭う。確かに臭う。それほど強烈ではないが、空気の中に、臭気の粒が含まれているのを感じる。生ごみとか、トイレとか、悪臭だけどどこか馴染《なじ》みのある臭いとはまったく違う。その粒は異質だった。今まで嗅《か》いだレベルの臭気ではない、ということを脳が主張していた。

　これまでよく誰からも文句がでなかったものだ。

「それでは行きましょうか」

　やっぱり彼が率先して言ってくれて、私たちはうなずいた。

「私は山中さんが契約した後、入社したのでお会いしたこともないんですけどねえ」

　二十代前半で、ショートカットにグレーのスーツをきた細田さんが言った。別に責任を回避しようとしているわけではないだろうが、どこか愚痴めいていた。

　けれど、彼女を責めることはできない。嫌な役割なのだから。

「細田さんは、初めてですか。こういう件は……」

　三木さんが取り成すように言った。

「いいえ、初めてじゃありません。入社当初、見習いの時期に一度あります。まだ担当につかせてもらえる前で、上司のお供でついて行ったんですが」

「それはいい経験をされましたね。こういうことは早いほうがいいですから」

「ええ」

　しかし、そうしている間も、臭いは強くなっていった。ドアの前の三メートルほど手前で、細田さんが「これはもう、警察を呼んだ方がよくないですか」と言った。

「しかし、まだ、ペットや紛れ込んだ猫やねずみが死んでいることもありえますから」

三木さんが答えた。なんだか、まだ見込みがあると言ってもらっているみたいで嬉《うれ》しかった。

ドアの前で、もう鼻を近づけて嗅ぐ必要もないほど、はっきりした臭いがした。私が鍵《かぎ》を出した。

「では、開けます」

三木さんが、私を勇気づけるように深くうなずいた。

鍵穴に差し込んで右に回す。ノブに手をかけて手前に引っ張った。

ドアの隙間《すきま》が数センチ開いただけで、強烈な臭気がどおっと中から襲ってきた。

「う」と細田さんがうめいた。

ドアを半分ぐらい開けたところで、中を一瞬のぞいた三木さんが「もういいでしょう、警察を呼びましょう」と言って、ドアを閉めた。

それでも、私は見てしまった。

散らかした、ゴミだらけの部屋の奥に、布団の山とそこから出ている足のようなものと、布団から一斉に黒いものが飛び立つのを。

それはまるで、彼の体から離れる、魂のように見えた。

女というのは、意外に強いものだ、と思う。

警察を待つ間、ずっと先頭に立って頑張っていた三木さんが「ちょっと失礼」と言って、どこかに走って行き（たぶん、近所のコンビニ）、青ざめた顔で戻ってきた。吐いてきたのだと思う。

徒歩一分のところにコンビニがある、というのは、このアパートの大きなアピールポイントだったが、こんなところで役立つとは。

しかし、私と細田さんはお互いの真っ青な顔を見つめながら、そこに立っていた。経験豊富とは言いがたいのに、彼女は「何か飲み物でも買ってきましょうか」と言ってくれるほどの気遣いと気丈っぷりさえ見せてくれた。

まあ、そんな場所にいたくなかっただけかもしれないが。

ころころと太った警察官がやってきたり、結局、もう一度部屋に戻ることになったり、警察の検視官がやってきて遺体を運び出したり、事情を聞かれたり……という一連のことはあまり記憶がない。

ただ、その間に夫と美菜ちゃんママに二回ずつ連絡して、簡単な事情を話し、夫に迎えに行ってもらった。

家に戻れたのは、夜九時ごろだった。

子供たちはまだ寝ておらず、風呂にも入らず夫とテレビを観《み》ていた。食べ物はコンビニで買ってきたようで、テーブルの上にさまざまな容器やポリ袋が散乱していた。カレーを作っておいたと、夫にも伝えたのに。

普段は食べさせないようにしているコンビニのご飯を食べて、うるさく風呂だとか宿題だとか言われずにテレビを観られたので、子供たちは上機嫌だった。

上機嫌を通り越して、少々興奮気味だった。日頃、あまり遊んでもらえないお父さんと一緒だったからかもしれない。

機嫌がいいのはまあいいものの……はしゃいで私の言うことを聞かない子供たちを叱りつけ、風呂に入れ、明日の用意をさせて寝かしつけるのは一苦労だった。

もちろん、夫は知らん顔をしてテレビを観ているだけで、何一つ手伝おうとしない。

何度も怒鳴りつけて寝かした後、その寝顔を見ながら、きっとこの子たちはいつも疲れていて怖いお母さんは大嫌いだろうな、と思った。そしたら、目からぽろりと涙が落ちた。

感傷的になったのは、遺体を見たからだろうか。

居間に戻ると、そこはまだゴミだらけだった。ふっと山中さんの部屋を思い出す。夫はさっさと先に風呂に入ってまたテレビを観ていた。寝るのを待ってくれただけ、上出来だ。

説明しようと口を開いたとたん、「いいかげんにしてくれよ」と先に夫が言った。

「え」

ねぎらいの言葉、少なくとも「今日はどうだった？」という程度の言葉が来るかと思っていたので、思わず聞き返してしまった。意味がわからなくて。

「こんなこと、これきりにしてくれ。当たり前のように俺を呼び出せると思うなよ。会社や接待を抜けてくるのに、どれだけ大変だったと思ってるんだ。お前だって働いたことがないわけじゃないだろ」

「でも」

あのアパートはあなたのお父さんの持ち物で、名義はあなたじゃないの。本来ならあなたがやってくれてもいい仕事じゃないの。私だって今日はくたくたで、吐き気のするような仕事をしてきたのに。

「だいたい、こういうことをする必要がないように管理会社に高い金払っているんだろうが！　明日俺が抗議してやる。なんだっけ、その担当者」

「大家が行かないわけにいかないでしょ。警察にもいろいろ聞かれるんだし」

「だから、それをするのが管理会社だろ。高い金取りやがって」

「高いって、家賃の五％でしょ。よくやってくれてるよ、あの人たち」

少なくともあなたよりはね、と心の中で付け加える。

「とにかく、家賃とかはお前に管理させてやってるんだから、今後一切、俺に迷惑かけるなよ」

「じゃあ、どうしたらよかったの」

「知らないよ、俺に聞くな。子供なんてな、家に置いときゃいいんだよ。二人なんだから、自分たちで飯《めし》も食うだろ。お前が甘やかし過ぎなんだよ」

「そんな」

「他の人も皆、そう言ってる。こんなに夫に負担をかける専業主婦なんて聞いたことがないって」

私が二の句も継げずにいる間、彼はどしどしと足音荒く部屋を出て行った。

もう涙も出ない。

夜遅くまで、子供たちだけで家に置いておいて、心配じゃないのだろうか。かわいそうだと思わないのか。

だけど、彼をこんなふうにしてしまったのは自分でもある。

結婚してから、「家事ができない」と言い張る相手に、けんかしたり言い合いになったり、一から教えるのが面倒で、すべてを請け負ってきてしまった。

実際、結婚した当初は、子供のいない専業主婦だから、彼に頼むほどの仕事もなかった。

今、彼がしてくれるのは、いいところ、休日に子供の遊び相手ぐらい。それも一時間もすると「疲れた」と嫌がる。

確かに、子供たちも小学校に上がってからは少し楽になったけど。

こみあげてきたのは、怒りではなく、不安感だった。

これからどうしたらいいんだろう。

こんなにも離れ、考え方が隔たった人と、どう生きて行ったらいいんだろう。

そして、彼が言っていた「他の人」って誰だろう。

もう一度涙が出てきたのは、冷めてぬるくなった風呂に入った時だった。温めなおそうとスイッチに手を伸ばし、ガス代がかかるからやめようとすぐに引っ込めた自分に気がついた時に。


「このところ、ミスが多くありません？」

「スーパーやしま」の休憩室でお弁当を広げている時に、そう遠藤《えんどう》君に言われて驚いた。

レジスターの月間成績は翌月の月頭に発表されて、休憩室の壁に貼られるから、誰でも見られる。けれど、何気ない、たいしたことないことでも、決してマイナスなことを言わない彼の性格を、短い研修の間に知った私に、その言葉は意外だった。

「なんかあったんですか？」

その後の一言は、さらに私を驚かせた。人当たりはいいし、パートのおばさんたちのつまらない話もいやな顔一つしないで聞く、評判の好青年だが、人間関係や、ややこしい話には決して深入りしない子だ。

一か月ほど前に入ってきて、二週間、私の元で研修した。飲み込みが早く、すでに社会人経験があるから、すぐになじんだ。

「あなた、どうしてこんなところでアルバイトしているの?」

質問に質問で返すのは嫌らしい、と思いながら、おにぎりを品よく両手で持って食べている彼に聞いた。

「え」

「二十七歳。早稲田大学卒業。不動産会社の営業をしていて体を壊し、退職。その後、職を転々としているうちに一般の会社に勤めるのが嫌になって、司法書士試験の勉強中……ずいぶん据わりのいい経歴だけど、だからと言ってスーパーのレジをやる必要はないわよね。他にいくらでも仕事があるでしょうに」

遠藤君の顔に何かが横切った。小さなさざ波のようなものが。

そんなことないですよ、僕スーパーのレジ好きですもん、何事も人生経験だと思うし、と答えるか、いやー加島さんの目にかかっちゃすべてお見通しですね、実は……と本当のことを告白するか。

その迷いの一瞬と読んだ。私は。

彼の顔はまた元に戻ると、ゆっくりと微笑《ほほえ》んだ。

「さすが、大家さんをやっている人だ」

後者、と見せかけて、そのどちらでもないような気がした。彼の顔に浮かんだのは、長男がお小遣いの額以上の買い物を許された時のような安堵《あんど》の表情だった。

「僕のことぐらいわからなかったら、ひとさまに家なんか貸せませんよね」

「アパートは義父が始めたものだし、名義は夫だから」

褒められて悪い気はしなかった。

「実は僕、こういうことをしているんですよ」

遠藤君はバッグからスマートフォンを出して、私に見せた。そこにはブログの画面があった。

「遠藤圭吾《けいご》のアルファブロガーへの道」

そういう題名と、青い芝生に座る彼の横顔があった。足元に豆柴がじゃれついている。

「何これ。犬飼っているの？」

尋ねる私に答えずに、彼は一つのページを開いた。

「これ、これ」

――「おばさん。『あらら』の考察」

そこには彼がスーパーでアルバイトをすることによって知った、おばさんたちの生活。

何かあったらとりあえず、「あらら」と言って、その間に態勢を整える、彼女たちへのマーケティングはどうしたらいいのか、といったことが書いてあった。

正直、そんなに感心するような内容じゃなかったけど、彼がしていることはわかった。

「でも、結構、これ、PV稼いでるんですよ」

「そんなの書いて、どうするの」

「いつかはこれだけで生活したいんです」

「どうやって」

彼はそれからアフィリエイトだとかなんだとか、ということを説明してくれたが、よくわからなかった。

「それと、スーパーのレジがどう関係するの」

「いろんな職場を経験して、ブログを書いたり、マーケティングについて考えたりするんです。特に中高年の購買意欲について書いた記事は人気がありますから。いつかはそれについて本とか書けたらいいなあ」

「じゃあ、嘘の経歴だったんだ」

「いや、嘘じゃないですよ。全部嘘ではないです」

「どこまで本当？」

「ほとんどですよ。司法書士だけが嘘」

じゃあ、不動産会社勤務というのは本当なんだ、と考えていた。

「このこと、他の人には言わないでくださいよ。加島さんだから話したんだから」

「……わかった」

「僕の方が言ったんだから、加島さんも教えてくださいよ」

「何を」

「悩み」

「やなこった。どうせそのブログに書くんでしょ」

「いや、書きませんよ。個人が特定されるようなことは、書きません」

「本当かねえ」

「信じてくださいよ」

「あなたに中高年の何がわかるっていうの？」

「例えば、加島さんはいいハンドクリームを使っている」

「え」

「だから、いつもほのかにいい匂いがしますよね」

図星だった。香水は付けないが、ハンドクリームだけは、ニールズヤードのローズの香りのものだ。仕事終わりに使って、自分一人だけで楽しんでいた。気分を変えるため。私のたった一つの贅沢《ぜいたく》だった。ちょっと顔が熱くなった。

「中高年は香水にはお金を使わないけど、香りに関心がないわけじゃない。そういうもの……ハンドクリーム、ボディクリーム、汗取りのパウダーシート、柔軟剤なんかにはお金を使う」

「そんなの、いくらでもあるじゃない」

「これは一例ですけど、例えば、高級ブランドとのコラボで作ったら？」

私は肩をすくめた。

「まあ、そういうことを日々、考えているわけです。今の、次のブログで書いていいですか」

「いいけど、私だってわからないようにしてよ」

「もちろん。さあ、僕の方は答え合わせしたんだから、加島さんの秘密も教えてくださいよ」

「だから、秘密なんてないって」

「この地区一ミスのない加島さんが心ここにあらずの理由」

「……気がむいたらね」

思わず、認めてしまって、自分でも慌てた。

しかし、遠藤君は「なんでも相談してくださいね」と感じのいい笑顔を見せただけだった。

その時、店長がレジのレシート用紙の在庫を取りに来たので、立ち上がって「あ、あの」と話しかけた。

「何？」

彼は巻いてあるいくつかのレシートの用紙を手にして振り返った。

「あの……明日か明後日《あさって》か、いつでもいいんですけど、一日お休みいただけないでしょうか」

後ろの遠藤君の視線が気になって小声になってしまった。

「それはレジ係の中で調整してよ。いつもそうしてもらっているでしょ」

「ちょうど代われる人がいなくて」

店長の白目が憤《いきどお》りで盛り上がるように見えた時、「いいですよ」という声が聞こえた。

「いいですよ、僕代わります」

遠藤君が爽《さわ》やかに笑っていた。

「でも、あなた、土日も最近入っているから、明日も来たら休みがなくなっちゃう」

彼は水曜日以外の二時から閉店までのシフトだ。

「私、お返しできないし」

「いいですよ。どうせ、独り者だからいつも暇です」

優しく微笑んでくれているのに、どこか借りを作ってしまったような気分になるのはどういうことだろう。

その借りは、私の秘密で補わなければならないのだろうか。

なんだか不思議な居心地の悪さを感じて私は小さく身震いする。

三木さんに呼び出されたのは、駅前の喫茶店だった。

昼間でも少し暗くて、現代美術っぽいポスターが飾ってあって、無料Ｗｉ－Ｆｉが使えるような店。カフェと言った方がいいのか。

「なんでもお好きなものを注文してください」

彼は笑顔で言ってくれた。それでも、私はホットコーヒーにします、とメニューを閉じた。すると「僕はパンケーキセットにします」と言った。

「ここの、ちょっと最近、話題なんですよ。パンケーキの専門店じゃないのに、レベル高いって。加島さんもどうですか」

めずらしく、心が揺れた。

「じゃあ、私も同じものを」

でも、店員が注文を取りに来ると、「あ、やっぱり僕はコーヒーにしよう。お昼、遅かったんだった」とメニューを変えた。

「加島さんはどうぞ、召し上がってください」

こういうところで飲み食いするお金は、たいてい三木さんの会社の経費だ。きっと、私が頼みやすいように気を遣ってくれたんだろう。

遠慮しかけたが、これも社会勉強、おいしいものを食べれば、子供たちにも作ってやれるかもしれない、と心の中で言い訳して甘えた。

運ばれてきたパンケーキは、ふわふわと頼りなく、生クリームがたくさんのっていた。でも、やはりおいしかった。

「それで、加島アパートのことなんですけど」

あれから、二か月が経《た》っていた。このままだと、入居者は二人になってしまう。

「こういう状態になってしまうと、何もせずに状況が良くなるということはむずかしいかもしれません」

「やっぱり、そうでしょうか」

「実は最近、事故物件をネット上に公開している業者もいましてね。そうなると、借り主は自分で事故物件かどうか調べることができます。その部屋のみならず、同じアパートの物件まで回避する人も多い」

「そんな」

うちのアパートなどひとたまりもない。もともとぼろアパートだったのに。

「さらに、最近では、そういった事故物件サイトから、名前を消してあげる、と大家に近づいて、大金をせしめる詐欺《さぎ》もあるらしいのです。加島さんも気をつけてください」

ふっと笑いがこみ上げた。そんな私を三木さんは不思議そうに見た。

「いえ、弱り目に祟《たた》り目って本当にこういうことなんだなって。一度、弱った人間や物件は、皆が寄ってたかって打ちのめすんだなって」

三木さんは悲しそうな表情になり、深々と頭を下げた。

「お力添えできなくて、申し訳ありません」

「いいえ、いいえ。三木さんにはよくしていただいています」

「そういう状況ですが、いくつかこの状況を打破するご提案を考えてきました」

彼は黒い革鞄《かわかばん》からＡ４のプリント用紙を取り出した。「御提案書」と書いてある。私はパンケーキの皿を横にずらしてそれを置く場所を作った。

「ご提案はいくつかございます。まずは非常にシンプルですが、家賃を下げる、という案です」

三木さんは私が見やすいように表紙を開き、こちらに向けた。

「五万三千円ぐらいまで下げますと、この地域の生活保護世帯の家賃上限内にも入ってきます。生活保護の方は一度入っていただければ、区から家賃をいただけますから滞納の心配もありません。また、このお家賃レベルになると外国人の希望も増えるでしょう」

「それはいいですね」

「いいことずくめのように聞こえるかもしれませんが、懸念しなければならないこともあります」

「なんでしょう」

「まずは、当然ですが収入が減ります。その分、税金も多少下がりますけれども、固定資産税は変わりませんので要注意です」

「ですね」

「ちょっと言いにくいのですが……」

「ぜひ、教えてください」

「家賃を下げると客層が変わります。中には非常識な方もいらっしゃるかもしれません。また、外国人が利用されるとなると、言葉の問題や習慣が違っていて、ごみの出し方一つにしても、教えないとわからないとか……以前に、ある東南アジアの国の方が入って、排水口に大量の油を流してしまい、そのアパートの排水管をすべて取り換えられた例もあります」

「まあ」

「もちろん、そういった時の負担やご苦労はすべて経営者である、加島さんにかかってきます。そして、一度下げた家賃が元に戻った例はほとんどないのです」

その「加島さん」という響きは私の方に向いている気がした。夫ではなく。私が大変になる、と彼は心配してくれているように聞こえた。

「そういった長短所を踏まえた上で、ご主人ともよくお話し合いになってお決めになった方がいいと思います」

「ありがとうございます」

三木さんが示してくれた案には、他に、大きな改築を入れて、リノベーション住宅として貸し出す、などの案もあったが、予算的にとても無理な相談だった。また、思い切って取り壊して更地にし、駐車場にする、という案もあった。

「これも決して、悪くないと思います。現在、あの周辺の駐車場の相場は月二万五千円ほどです。今の広さなら、五、六台は停められます。駐車場ならほとんど管理費もかかりませんし」

「そうですね」

「まあ、そうなると、うちの出番はなくなりますが」

思わず、あ、と声が出てしまった。確かに、今の不動産管理会社に頼まなくてもいいようになる。

「もちろん、うちでも駐車場の管理も請け負っていますけど、加島さんならご自分でできるでしょう」

「もう、何から何まで、面倒見ていただいて」

私は思わず、頭を下げた。自分の会社の得にならないようなことまで、提案してくれているのだ。なんていい人なんだろう。

「ただ、取り壊しや、その後の整備にお金がかかります。また、今住んでいただいている方たちにも立《た》ち退《の》いていただかなくてはいけません。まったく面倒がないわけではないのです」

しかし、駐車場にして、ある程度のお金をもらいながら管理は楽、というのは、とても魅力的だった。私は心が動いた。

プリントの提案はそこで終わっていた。三木さんはそれを丁寧に閉じて、私に手渡した。

「では、これはお持ち帰りになって、ご主人とよくご相談ください」

「ありがとうございます」

それから、彼はちょっと居住まいを正した。

「それから、そのプリントには書いていないご提案があります」

「なんでしょう」

三木さんは私を正面からじっと見つめた。

「書いていない、というより書けない話なのです」

「どのようなことでしょう」

彼は私の目の中をじっと見つめた。そんなふうに彼から見られたことはなかった。ここ最近で、そんなふうに異性から見つめられたこともなかった。夫からさえも。

「これから話すことは、できるだけご内密にしていただきたい」

「はい」

「仮にも不動産管理会社から、そういう提案があったということが公になったら困りますから」

「なんでしょう」

三木さんは心持ち私の方に身を伸ばした。

「加島さんは、事故物件の浄化業や、不動産ロンダリング、という言葉を聞いたことはありませんか」

「ロンダリング？」

「はい」

三木さんはそれについて、僕も詳しくはないのですがと言いながら、説明してくれた。

不動産を紹介する場合、入居希望者には、それが事故物件であること、どんな状態で亡くなられたのか、などを直近の入居者には伝えなければならない。けれど、その次に入る人には、向こうから聞かれた場合のみ、説明すればよい。

「ですから、それ専門の人を呼んで、入居してもらうのです。一か月ぐらい。そして何事もなかったかのように他の人に貸し出す」

「本当にそんなことがあるんですか。噂には聞いていましたけど、都市伝説かと思っていました」

「残念ながら現実です。その間、家賃は入りません。それから一か月は一日に五千円、ロンダリングをしてくれる人に日当を払います。さらに細かいことを言うと、人が入った実績は残りますから、家賃は入らなくても税金はかかります」

「つまり、一か月十五万+家賃分の税金……」

「そうです」

自然にため息が出てしまった。

「そんなにかかるんですか」

「簡単な仕事に聞こえるかもしれませんが、事故物件に平然と住める人、一か月ごとに住まいを変えられる人、というのはかなり条件が限られます」

「そうでしょうね」

「子供や老人などの家族、転居がむずかしいような仕事があるとできません」

「確かに」

「そういう人々……ロンダリングをしてくれる人というのはやはり特殊な人です。最近では、我々は、彼らを『影』と呼んでいます」

「影」

「『影』を紹介してくれる不動産屋というのは限られていて、東京にも数軒しかありません。数年前、一時、事故物件というのが話題になった時、新規に参入した業者がいたのですが、どこもすぐに撤退してしまいました。理由は『影』が集まらなかった、と聞いています。ただ居るだけのようですが、人が死んだ部屋に入り続けながら、平静を保ってたんたんと暮らす、というのはなかなかできることではありません」

「なるほど」

「私も一度、『影』をある不動産屋でちらっと見たことがあります。あの人たちは、何かが違う」

「それ、私じゃダメなんですか」

「え」

「例えば、私があの部屋に一か月住んで実績を作るというのは」

「……それはさすがにちょっと……あとでばれた時に、やっかいなことになりますので」

「やっぱりダメですか」

三木さんはさらに声をひそめ、私は自然、彼に近づいた。

「でも、一度、ちゃんとした業者に頼めば、たぶん、あのアパートはよみがえります。幸い、高円寺に、その業者として名高い不動産屋があります。ご検討ください」

私は、彼のアフターシェービングローションの匂いを嗅ぎながらうなずいた。それは夫のそれよりも、甘かった。

三木さんと会った日の夜、私は、また深夜に帰ってきた夫と話さなければならなかった。

疲れているのはわかっていてもこればかりは仕方がない。

三木さんが作ったプリントに彼はざっと目を通し（それは早かった。さすがに社会人だから読みなれているのだろう）、面倒くさそうにこちらに押し返してきた。

私はさらにロンダリングについても口頭で説明した。

夫は無表情に聞いていた。

「で、どうする？」

私が意見を聞いたとたん、彼は席を立って、テレビの前のソファに行ってしまった。

私は無意識にあとを追う。

「他にも方法はあるけど、有効なのはそこに書いてあるものだと思う。どう思う？」

彼はぱちんとテレビをつけた。とたん、わっと深夜のバラエティ番組が流れる。

「家賃を下げるのもいいけど、思い切って駐車場にするのもいいかな」

「……金がかかるだろ」

テレビの音にかき消されるようなささやき声で夫は言った。

「じゃあ、家賃下げる？　管理は大変になるみたいだけど。確かに一番現実的かもしれない」

「税金、どうするんだよ」

「だから、税金は払えるぐらいまで」

「店子が問題起こしたら。金ないぞ」

「……じゃあ、どうしたいの？」

夫はソファに横になった。

「ロンダリングする？」

彼は頭の下にあったクッションを取り出して、顔の上に載せた。彼の表情は見えなくなった。

「一月に十五万以上かかるけど、それもいいかもしれない。今と状況を変えなくて済むし、私は一番いいような気がしているんだ」

答えない。

「ねえ、どうする？　あなたはどうしたい？」

できるだけ声を抑えたつもりだった。怒っても、怒鳴っても、なんの解決にもならないから。

「どうしたらいいの?」

「……俺に聞くなよ」

クッションの下から、さらに弱々しい声がした。

「だって、私たちで決めないとどうしようもないじゃない」

やっぱり、答えはない。

「どうしたい? どうしたいかだけでも、言って」

部屋がしんと静まり返る。テレビの音は騒がしいのに、どこか、森の中のようだ。

「なんでもいいの。あなたがしたいことを教えて」

「……何もしたくない」

「え」

やっと聞こえた言葉は、意味のないものだった。

「何もしたくない。建て替えとか面倒だし、お前と話し合うのもいやだ。責任とか負いたくないし、何も変えたくない。もう、本当に面倒くさい。何も考えずに生きて行きたい。今、新しいことを始めてしまったら、また、いろいろやめられなくなる」

「……何、言ってるの?」

「どうしたいとか、いいかげんにしてほしい。お前だけは言うな」

……お前だけは、言うな？

三日後、スーパーのパートたちが集まる休憩室で、手作り弁当を食べていると、遠藤君が入ってきた。

「おつかれ」

こちらから声をかけたが、実際は上の空だった。

彼はくったくなく、私の前に座った。手には、うちで売っている、惣菜《そうざい》パンが握られている。

「いつもおいしそうですね、加島さんのお弁当」

褒められて、自分の弁当を見下ろす。初めて、食べているものに気がついたような感じだった。卵焼きを作るのが面倒で作ったゆで卵、昨日のから揚げの残りを甘酢あんでからめたもの、ピーマンをしょう油で炒《いた》めかつお節と和《あ》えたもの。

ほとんど何も考えずに作れるおかずだった。

「別に。残り物だし」

「そうですか、いろどりもきれいだし。味の偏りもないし」

確かに、ゆで卵は塩味、から揚げは甘酢味、ピーマンはしょう油味だ。細かいところによく気がつく。酢は匂いでわかったのか。

「野菜が足りないけどね」

「まあ、確かに」

遠藤君は笑った。

「この間は、ありがとうね。代わってくれて」

「ああ、たいしたことないですよ。僕、いつも暇だし」

「若い人がそんなこと言って。歳とったら嫌でも退屈になるんだから、今のうち、せいぜい楽しまないと」

こういう軽口は、口を開けば出てくる。

「……どうしました？」

「え」

「何か、あったんですか」

「どうして」

「加島さんがめずらしく、ネガティブなことばかり言うから」

「私はいつもこんなもんよ」

「違いますよ。加島さんは違います。明るい、っていうんじゃないけど、否定的なことは言わない人ですよ。前に研修の時に思ったもの。加島さん、何度失敗しても『失敗をくり返してしまう原因を考えよう。何か理由があるなら改善しよう』って言ってくれるでしょ。怒られるよりむずかしいけど、その後のためになる」

「そうだっけ」

「僕も将来、後輩ができたらそうしようと思いましたよ。はっきり言って、新卒で勤めた会社でついたどの先輩よりも、社会人として大切なことを教えてもらった気がする」

「なーにを。そんな、優秀なエリート社員さんと比べないでよ。パートのおばちゃんと」

口で言いながら、弁当に顔を向けた。表情を見られたくなかったから。

「嘘じゃないですよ。その加島さんがそんなネガティブオーラ全開なのはどうしたんですか」

褒められた後の、優しい言葉はこたえた。

それで、これまで友達にも話していなかった一連のできごとを、すべて話してしまった。

うちのアパートで人が死んで、店子が入らなくなって、そればかりか住んでいた人たちも、恐らくそれが原因で一人二人といなくなったこと。

さらに過去にさかのぼって、夫の父親から不動産を残されてから慣れない経営をしてきたこと、夫はまったくやる気がないこと、不動産管理会社からさまざまな提案をされているけどそのどれも夫はやりたがらないこと。全部、洗いざらい話してしまった。

こんなこと、実の母親にさえ話したことがない。心配させたくないから。

遠藤君はふんふんと聞いて、時にはへえええええ、と驚いたりもした。

「遠藤君は不動産会社に勤めたことあるんでしょ。ロンダリングとかって知ってる？　そういう業者がいるの」

「実際、使ったことや会ったことはないけど、噂は聞いたことがあります」

「そうなの。やっぱり、知っているのね」

「いや、決して、いい噂じゃないですよ。そういうことをしてもらうために人を雇って入ってもらったら、あやしい人間でそのまま部屋に居ついてしまって、乗っ取られた、とか」

「え」

「そういう人とはちゃんとした賃貸契約を結ばないでしょう。だから、居座られたら終わりなんですよ」

「そうなの？　遠藤君、私、どうしよう。もうお願いしようかと思って、不動産管理会社に言ってしまった」

「加島さんはどうしたいんですか」

ああ、この人も三木さんと同じこと言うな、と思った。形は違うけれど。

「したいもなにも、私のものでもないし。だけど、結局、駐車場にするか、ロンダリングするかしかないと思うの。夫を説得して」

「そうじゃなくて、加島さんは本当はどうしたいんですか」

「私が？　どうしたい？　だから……」

「この件は小手先の対処法じゃだめな気がするんですよ。加島さんがどうしたいか、これからどう生きたいのか、そこから考えないといけないんじゃないでしょうか」

「どう生きたいのか？」

「そう。いつまでも加島さんが苦労して、全部、責任を負わされて、そういう人生を一生生きたいんですか」

私は声もなく、小さく首を振ってしまった。

「でしょう。自分の人生を生きなければ」

私はうなずいた。

夜、十一時半。夫はまだ帰ってこない。

私は、子供たちの寝顔をのぞき込んだ。

ぷっくりした頰《ほお》、長いけど数が少ないまつ毛、小さな唇。

私と夫の容姿が入り混じった顔がそこにある。

ずっと考えていた。子供に晩御飯を食べさせ、お風呂に入れ、寝かしつける間。

このところ、子供たちはほとんど夫の顔を見ていない。

そんな父親でも必要なのか。

すべてを放棄したような男。何も考えたくない男。

彼の財布から、二か月前、私は名刺大の白黒の写真を見つけた。

赤ちゃんのエコー写真だった。うちの子供たちの時も見たから、間違いない。あの大きさなら、今頃はおろすのはむずかしい時期かも。

夫に理由を聞いたら、後輩夫婦のものを見せてもらった時に、間違えて持ってきてしまった、と言った。そんなこと、ありえないだろう。

彼は何も決断しないまま、ここまで来てしまったのか。

アパートと同じように。何も考えずに。

どこかで、間もなく、彼の子が生まれようとしている。

「ママ、どうしたの？」

寝返りをうったのを機に、長男が起きてしまった。じっと顔をのぞき込んでいる私の異様な雰囲気に気がついて。

いいのよ、もう寝なさい、そう言うつもりで口を開いたら、別の声が出た。

「ねえ、悠斗ちゃん、明日、お出かけしようか」

「お出かけ？」

「そう。他のところでおねんねするの。旅行みたいに」

「旅行なら、僕、したいけど」

「じゃあ、行こうか」

「パパは？」

「パパは来ないの。お仕事が忙しいから」

「どこに行くの、旅行？」

「まずは、おじいちゃんのアパートに行こう」

そう、私たちにはあの部屋がある。

私は、人が死んだ部屋なんて、へっちゃらだ。

「人が死んだ部屋に平然と住む、というのはなかなかできることではありません」

三木さんが言ってたっけ。

なら、私は「影」なのだろう。今、感情のすべてを失った影になったのかもしれない。

「ママ？」

「ねえ、もしも、ママが家を出るなら、一緒に来るでしょう？」

そうだ、どうして、これに気がつかなかったんだろう。

私たちには、とりあえず、住める部屋がたくさんある。

しばらく、あのアパートにいよう。それから、どうするか考えよう。夫の出方でも、いろいろ見極められるだろう。

「ねえ、パパとママとどっちがいい?」

私は悠斗に微笑みかけた。大丈夫、これまでも私は自分一人でやってきたのだから。私は大丈夫。

むしろ、心が軽くなっていることに、気がついた。

君に栄光を捧げよう

ノックをすると低い声で「開いている」と答えがあった。入ってもいいということだと理解してドアをそっと引いた。

小さな玄関、横に靴箱、いきなり狭いキッチン、バストイレという間取り。声は奥から聞こえたようだった。靴を脱いで入って行った。

思った通り、キッチンに続いた六畳間に皆川哲治《みながわてつはる》はいた。いわゆる1K。こういう家の造りはよくわかっていた。僕自身も少し前に部屋を探していて、さまざまなアパートやマンションを回ったばかりだったから。

皆川は低いテーブルの前に正座して、黄色い液体の入った小瓶をじっと見つめているところだった。

「何してんの」

僕が尋ねても、彼はそこから目を離さなかった。唇を小さく動かしている。ラベルを読み込んでいるらしい。

彼の前に同じように座った。すると、黙って、僕の目の前にことん、とそれを置いた。

「すし酢？」

毛筆体で書かれたラベルの文字を読んで驚いたが、彼は重々しくうなずいただけだった。

「これを今日はご馳走《ちそう》しようと思う」

「寿司《すし》を？」

「いや、違う。これは飲み物だ」

「酢を飲むの？」

僕は自然に顔をしかめていた。

「最近、おれは一つの真理に気がついた」

「真理？」

「コンビニで清涼飲料水の棚を見ていて気がついたんだ。清涼飲料水というのは、結局、酸味と甘味のバランスでできあがっているということを」

「そーかなー」

「疑うなら、何か思いつくままに飲み物を挙げてみろ」

「じゃあ。コーヒー牛乳？」

あまり人に言ったことはないが、僕はコーヒー牛乳が大好きだ。無糖とか、カフェラテとか気取ったやつでなく、ごく普通のコーヒー牛乳。できたら、農協のやつ。

皆川は顔をしかめた。何かまずいことを言ったらしい。

「最初、コーヒーくるか？　飲み物と言って」

そんなに変なことを言っただろうか。

「コーヒーは例外だ。他にしろ。いきなり、コーヒーを持ってくるとは、どういうことなんだ。センスがないな、田中《たなか》は」

「ごめん」

僕は皆川の表情をうかがった。不機嫌になると彼の太い眉がつながって、どんぐりみたいな目が見開かれ、かなり迫力のある顔になって、こちらをびくつかせる。

まあ、たいてい僕は人に気を遣ってびくついているけど。

「とにかくそれ以外のものを考えろ。清涼飲料水、と言ったはずだ」

「じゃあ……オレンジジュース？」

僕は恐る恐る言った。すると皆川の顔がぱああっと輝いた。

「いいこと言った。今、田中はとてもいいことを言った」

意味がわからないが、皆川に褒められるのは悪い気がしない。

「ありがとう」

「オレンジジュースはまさに酸味と甘味の結合体だ。酸味が強く、甘味が少ない。そこにオレンジの香りが入っている」

「ポカリスエット」

「さらにいいことを言った。ポカリは酸味も甘味もごく薄い。スポーツ系飲料はすべてそうだ。そこにちょこっと塩を入れている。そして、何らかの香りが付けられている」

「カルピス」

「酸味甘味に、乳酸の匂い」

「アセロラ」

「酸味が強い飲み物の典型だ。な、わかったか?」

よくわからないけど、うなずく。

「清涼飲料というのは、酸味と甘味のバランスだということはご理解いただけたと思う。そして、このすし酢」

皆川はそれを僕の前に押し出した。

「ラベルを見ろ、ほとんどが酢と砂糖だ」

「なるほどね」

「であるから、この『すし酢』を薄めて氷を入れれば十分おいしい飲み物となる……はずだ」

皆川は台所に立って、コップにすし酢を入れ、水と氷を入れて戻ってきた。

「ウェルカム、マイホーム」と言いながら、僕の前に差し出す。

僕はコップを見つめた。

「どうぞ」

「……その前にさ」

「なんだ」

「どうして、すし酢なんて家にあるの。皆川、自炊しないだろ」

前に、食事はほぼコンビニと弁当屋で済ませていると言っていた。

「ツナマヨ巻きが好きで自分で作ってみようとしたんだ。けれど、一回やったら、ツナ缶を一つ開けてできあがるツナマヨの量が膨大だと気がついた。一回では食べきれなくて、三食、ツナマヨを食べ続けた。やっぱりコンビニで買ったほうがいい」

「なるほど」

「そして、すし酢だけが残った」

新作映画の題名を言うように重々しく言う。

すし酢だけが残った。

僕はコップを手にし、そっと口に付けた。

「どうだ？」

皆川は嬉しそうに顔をのぞき込んできた。

「……ごめん。寿司の味しかしない」

「寿司の味?」

「すし酢を薄めた味。ごめん。端的に言うと、まずい」

「おかしいなあ。おれの計算ではうまくいくはずなんだけど」

おかしいなあ。水の割合が悪いのかなあ、酢と砂糖と塩だからポカリみたいな味になるはずなのに、と言いながら、皆川はキッチンに行き、自分の分も作って戻ってきた。

僕の前でごくり、と飲む。喉仏《のどぼとけ》が大きく動いた。

「どう?」

「まずいと言うほどじゃないぞ」

僕をにらんだ。

「うまくはないけどな。次は、ポン酢しょう油を試してみるか」

同期の皆川哲治とは新人研修の初日に出会った。社員二百五十人ほどの小さなメーカー。パソコン周りの機器や小物を作っている。まあ、このご時世よくあることだけど、うちの会社は新入社員が五人しかいないから自然、仲良くなる。五人のうち、二人は女子だ。中肉中背、肩までのふんわりした髪、特別美人ではないがブスでもなく、感じのいい顔をしている。二人は持っている雰囲気が姉妹のように似ていて、人事部長の趣味じゃないかと思うぐらい。けれど、そのことを最初の飲み会で指摘したら、二人ともちょっと不機嫌になった。必死に覆い隠していたけど。僕は悪気なく、いつもそういう時に余計なことを言ってしまう。

新人採用のもう一人の男は依田《よだ》という男だった。そして、研修の一日目でやめてしまった。次の日に行ったらいなかった。研修中も普通だったし、その日の飲み会にも来たのに、翌朝、「自分のやりたいことと違っていた」という連絡が入ったそうだ。

正直、皆川よりも依田の方が、気が合いそうだったから、がっかりしてしまった。皆川はほとんど私語をせず、黙々と課題をこなすタイプの人間だった。何があっても焦ったりしないし、かといって無愛想だったり、暗かったりするわけでもない。飲み会でもべらべらしゃべるわけではないが、時折さしはさむ一言が妙に皆を納得させる。

彼は地方の国立大学を出て上京してきたので、東京のことをほとんど知らない。僕は横浜出身だけど、高校は横浜の片田舎だし、そんなに東京で遊ぶ方でもなかったので（横浜の人間は県内で用事がすんでしまうので、意外に東京を知らない）、東京の大学に入学して、新入生の時はおどおどしていた。それなのに、彼の方が堂々としている。

そういうどこか自分のコンプレックスを刺激してくる人間だったけど、付き合ってみたら結構よかった。

余計なことは言わないだけに人の悪口を言ったりはしないし、妙な信頼感がある。非常に実際的な人間で、気取ってない。向こうはどう思っているかはわからないけど。

研修期間が終わった後、僕は営業部、皆川は開発部に分かれてしまったが、一週間に一度ぐらいは飲むようになった。

「やっと家が決まったから、遊びに来ないか」と誘ってくれるぐらいなんだから、向こうもこちらを嫌いではないのだろう。

彼はずっと地元出身の友達の部屋に転がり込んでいたそうだ。

誘われて、僕はちょっと嬉しかった。いそいそと、コンビニでしそ焼酎の鍛高譚《たんたかたん》を買って彼の部屋に向かった。僕もあいつもそれが好きだから。


いきなり酢を飲まされてちょっとテンションが下がってしまった。自分は皆川にとって、飲み物さえ買うのが面倒な人間なのだろうか。

しかし、皆川は僕のテンションなんておかまいなしのようだった。心なしか無口になっている僕にも気がついていない。

ただ、彼のこういう沈黙になってもあまり気にしない態度というのもうらやましいところであった。自分はちょっとでも気まずい雰囲気になると、慌てて口を挟んでしまう性格だから。

「ここ、家賃、いくらぐらい？」

買ってきた鍛高譚を開けながら、僕はキッチンにいる皆川に尋ねた。彼には聞こえなかったのか、答えなかった。しばらくすると皿にリッツとレーズンバターをのせて戻ってきた。

リッツ。その上にチーズとレーズンバター。もしかして、リッツパーティ？子供の時ならともかく、本当にリッツをつまみに出されたことはなかったので衝撃を受けたが、彼の精一杯の歓迎の気持ちと受け取ることにした。それでもう一度、「家賃、いくら、ここ？」と尋ねた。

しかし、皆川は答えなかった。黙って、リッツの皿を僕に差し出し、自分も一枚とってかじった。家賃を聞くのはまずかったのだろうか。

僕の父親は滋賀県出身で、大阪の大学を出た。仕事の関係でずっと横浜に住んでいるけど、今でもまったく関西弁を直そうとしないし、人の家に行くと「ここ、なんぼ？」と平気で聞いてしまう。東京出身の母親をいつもヒヤヒヤさせていた。

そんな父親がちょっと恥ずかしかったのに、僕もまた、気がつくと「ここ、いくら？」と聞く癖がついてしまった。ついでにいうと、相手がちょっと気になるものを持っていると「これ、いくら？」とも聞いているらしい。大学時代に青森県出身の彼女に注意されて知った。彼女はそれを聞くと失礼で「ぞっとする」らしかった。そして、就職活動が始まる頃に振られてしまった。

大学時代といえば、シンガポールからの留学生、リュー君の家に行った時にも「ここの家賃、いくらですか？」と聞いて驚かれた。

「日本人に、それを聞かれたのは初めてです」

「え。本当に？　失礼だったら、ごめんなさい」

リュー君はにこにこ笑って、握手を求めてきた。

「いいえ。シンガポール人、皆、聞きます。特に中国系の人。懐かしかった」

だから、というわけではないだろうが、本国に帰ってからも、リュー君は時々、メールをくれる。今は向こうで不動産業に携わっているらしい。日本人相手に物件を紹介しているそうだ。

そんなわけで、リュー君以外（と関西人以外）には不評な「家賃聞き」なのに、つい癖が出てしまった。皆川は実際的な性格だし、さらっと答えてくれそうな気がしたのだ。

それに、同じ安月給でどのくらいの家に住むのが正解なのか、知りたくもあった。

リッツを飲み込んだ皆川は「なんと言ったらいいのかなあ」とつぶやいた。

「え」

「家賃のこと」

「あ、ごめん。答えたくないならいいよ」

「七万二千円。借りれば」

「借りれば？」

「田中には言っておいた方がいいな。これからのこともあるし」

皆川はまたリッツを手にとって、口に運んだ。それで僕もレーズンバターを食べてみた。

「レーズンバター、初めて食べるけど、おいしいね」

お世辞でなくて本当だった。甘いレーズンとバターの塩が合っている。

「父親が好きなんだ。いつもこれでウイスキーを飲んでた」

「そうか」

「実は、その父親が倒れた」

「え。レーズンバターのせいで？」

「レーズンバターは関係ない。いや、もしかしたら、遠因になったかもしれないけどな。コレステロール高そうだから」

「それ、いつ。大丈夫なの」

「大学時代のことだ。脳梗塞《のうこうそく》で、半身に少し麻痺《まひ》が残った。仕事はやめずにすんだけど、それまでみたいには働けなくなった。それでも、おれが大学で勉強したことを活《い》かせるような仕事は地元にはなくて、こっちに出してくれたんだけど」

「いいご両親だね」

急に現実を突きつけられたような気がした。

「でも、普通の生活は続けられるし今のところ心配はない。ただ、できるだけ多く、実家に仕送りしたい」

「なるほど。偉いな、皆川は」

「そんなことはない」

彼は照れたように笑った。そういう顔をすると、やっぱり年相応だな、と思う。

「それで家を借りるのに時間がかかった」

「でも、この部屋、いいじゃないか」

永福町駅から徒歩十分。日当たりもいいし、六畳の１Kだ。風呂トイレ付き。贅沢じゃないが、若い男の一人暮らしならまあまあだろう。

「実は……ちょっと理由《わけ》があるんだ」

「なに？」

「田中は幽霊とか、どう思うかな」

「幽霊？」

なんか、話が変な方に向いた。

「信じるかということだ。幽霊を」

「なんというか、信じたり信じなかったり。必要に応じてだな」

言いながら、僕は皆川の顔色を見た。こういうスピリチュアルな問題って、下手に否定すると人間関係を壊すことがあるから。宗教や政治の話と同じように。実は、その大学時代の青森の彼女がスピ女《じょ》で、それを否定してからうまくいかなくなったことがあった。家賃や物の値段を不躾《ぶしつけ》に聞くこと以上に、スピを否定される方が彼女には耐えられなかったらしい。

「田中が言うことは時々、意味がわからない」

「だから……目の前に幽霊やお化けがいれば信じるよ。いないときは信じないかな」

「目の前にお化けがいたことあるのか？」

「ない。今のところは」

「おれはもちろん、信じない」

皆川はきっぱりと否定した。

「よかった。僕も信じてないよ」

僕はほっとして、言った。

「じゃあ、どうしてそう言わないの」

「もしかして、皆川が信じているなら、悪いと思って」

「田中は、やっぱり変わってるな」

僕が変わっていると信じている男からそう言われた。自分はごく普通の人間で、平凡であることがコンプレックスなのに。

「そうかな」

「とにかく、おれは、幽霊は信じない。死んだ人間が出てくるなんて非科学的だ。そうだとしたら、過去からずーっと死んだ人間がこの地球上にうろうろしていて、地上はパンクしてしまう」

怨念が残っている人間だけが幽霊となって出てくるって説もあるよ、と心の中でつぶやく。それは前の彼女の考え方だった。

「だから、ここにいる」

「え」

「ここに住むことに決めたんだ」

「どういうこと？」

「この家、事故物件なんだ」

「事故……物件？」

「知らない？　人が死んだり、自殺したりした部屋ってこと」

「え」

いつも人に気を遣い過ぎている僕も、失礼を承知で、あたりを見回してしまった。主に天井と部屋の四隅のあたり。

「大丈夫。もう二週間近く住んでいるけど、何も出ないよ」

皆川は落ち着き払っていた。

「そうなの」

「安心してほしい」

「それじゃあ、この部屋、家賃が安いの？」

僕もそういう話は聞いたことがある。事故があった部屋はうんと家賃を安くして貸すって。

「ああ。それだけじゃない」

「それだけじゃない？」

「家賃はただ。それから、これはちょっと内緒なんだけど」

「うん」

「一日に五千円の手当が出る。でも、会社には言わないでほしい。副業として怒られるかもしれないから」

「えー！　そんなこと、あるの？」

「うん。そういう事故があった部屋に住む仕事なんだ」

「それ、合法なの？」

「わからない」

「知らなかった」

「だよな。おれも不動産屋から聞くまでは知らなかった。安い部屋を探している時に聞いたんだ」

「前に住んでいた人がどんな人かは知っているの？」

「ああ。それを聞くのも条件なんだ」

「そう」

僕は聞きたくなかったのだが、皆川は言葉を続けた。

「おれらと同じぐらいの歳の男らしい。会社に勤めて二年目。会社勤めが合わなかった。同僚に悩みを相談した夜、自殺。この部屋で首を吊《つ》った」

また、あたりを見回してしまった。

「ああ、そうだ。幽霊は来ないが、まだこんなの来るんだよ」

皆川が立ち上がって、テレビ台のところから一枚のハガキを持ってきた。

僕は手に取った。浅井陽介《あさいようすけ》様、と表に書かれていた。

「前の人への」

「ああ」

それは図書館からの連絡だった。

貸出期間が過ぎている図書をお早くお返しください、と書かれていた。その後に、本の名前。

「返さずに死んだのかな」

「そうだろう。遺族がいろいろなものはちゃんと処分した、と聞いたけど」

「これ、どうするの？」

「どうしようもない。ここに来たものは全部処分していいと言われている。死亡届も出してあるし」

皆川はそれをゴミ箱にぽい、と捨てた。

「いいの」

「まあ、いいだろ。これ、一週間に一度は来るんだよ。まいっちゃうよね。最初は不動産屋に言ったんだけど」

「皆川はずっとここに住むの？」

また、天井のあたりを見つめながら尋ねた。

「いや、一か月で次の部屋に移る予定だ。だから、田中には話しておこうと思ったんだ。くれぐれも会社には言わないでくれ」

「うちは副業禁止じゃなかったはずだよ」

「でも、まあ、あまり感心な話じゃないから。でも、おかげで、実家に仕送りができる」

「……よかったね」

　夜になる前に、僕は腰を上げた。

「そろそろ失礼するよ」

「うん」

　僕らはあれから、配信で映画を一本観て（皆川が選んでくれた。ちゃんと、ホラーじゃなかった）、焼酎を半分ほど空けた。

「よかったら、また来てくれ」

「うん」

「その時には、ここには住んでいないかもしれないが」

「だね」

　じゃあ、と手を振って家を出た。

　僕はカンカンと音を立てて、アパートの階段を降りた。

　後ろを振り返ると、皆川の部屋のドアは閉まっていて、しんと静まり返ったアパートがそこにあるだけだった。ふっと、何も起きなかったのじゃないか、と思った。アルコールが入ったこともあって、今、皆川に会ったのは夢で、彼と話したことも幻。起きたこと皆、僕の思い違いじゃないかって。

しかし、それはなかった。僕は手に持っていたデイパックを開けた。そこには、今の話が嘘でも幻覚でもない証拠があった。

浅井陽介への図書館からの督促ハガキが入っていた。皆川の目を盗んで、そっと持ってきたのだった。

その、軽い、軽い、ライトな名前に覚えがあった。

高校のバレー部で一年上の先輩。しかし、腰を痛めて、夏にはやめていた。だから、三、四か月ほどの付き合いしかない。おとなしい人で特に印象もなかった。

ただ、一年の三学期の頃、高校に向かうバスの中で一緒になった。風邪をひいていたか、テストの前だったかで、朝練のない日だった。

先輩はバスの後ろの方の二人掛けの席に座っていた。すんなりした白い顔、きれいな、どんぐりのように丸い目。見たことのある顔だな、と思った時に目が合った。

「田中」

意外なことに先輩は僕の顔を覚えていて、懐かしそうに手招きしてくれた。

「ちっす」

前と同じように頭を下げると、そんなのいいから、とでも言うように、手を横に振った。先輩は隣の席が空いているところを叩《たた》いた。

きっと「座れ」という意味なんだろうけど、思わず、あたりを見回してしまった。部活の上級生の隣に座るなんて、考えられないことだったから。

「いいんだよ。おれはやめたんだから」

僕の気持ちが伝わったようで、先輩は気安い口調で言った。けれど、その中にどこか無理しているような、頑張って序列なんか気にしない先輩を装っているような響きがあって、僕は逆に用心して、先輩の顔を見返してしまった。

「いいから、いいから」

けれど、僕の思い過ごしだったのか、次の言葉にはその響きは消えていた。

「すいませんです」

へこへこ頭を下げながら座った。

先輩は手に本を持っていた。

「受験勉強ですか」

少し前まで絶対服従だった先輩に触れそうなぐらい近くにいる、というのはやっぱり気まずくて、僕は尋ねた。

「いや」

「読書っすか。すごいですね」

今思うと、何がすごいのか、と思うが、とにかく褒めなくちゃ、と焦ってた。それに、当時の僕が、本なんて読まない人間だったのも確かだ。

「勉強じゃないよ。こういうの、田中は読んだことある？」

先輩は本屋のカバーを外して見せてくれた。

『俺とともに語り、歩こう』と書いてあった。作者は当時も大人気だった、森脇智弘《もりわきともひろ》。

「いえ、知りませんっす。いや、森脇って人は知ってます」

その人がなんかの作家だか社長で、クイズ番組に出て、ろくに正解を出せず頭をかいているのは観たことがあった。

「じゃあ、これは」

先輩は通学用のデイパックから『絶対にまねのできない生き方』という本を出して見せてくれた。作者は同じ、森脇智弘。

「知らないっす。本、ほとんど読まないんで」

「おれ、この人の本読んで、なんだか、すべてがどうでもよくなったんだよね」

「どうでもよくなった？」

「うん」

先輩は前を見ていた。その目はバスの中の風景を通り過ぎ、運転手を通り過ぎ、さらに前を見ていた。

この人はずっと先を見ている。そんな気がした。

「部活とかさ、受験とかさ、本当にどうでもいい。目的は一つなのに、皆、その前のことに迷い過ぎている」

「目的ってなんですか」

「人としてどう生きるかっていうこと。それから、幸せになること。その手段として、成功すること」

「……大学とか、行かないんすか」

「どうしようかな。とりあえず、行こうかな。親とかうるさいから。だけど、すぐに留学すると思う。学校で教えてくれることより、英語を学んで起業する方が大切だから」

「へー」

考えたこともないようなことを聞いて、僕は思わず、先輩に対するには失礼すぎるあいづちを打ってしまった。

「あ、すいません」

「だからいいよ。本当に、おれ、今はそういうの、どうでもいいの。言葉遣いとか、先輩とか後輩とか、ばからしいよ。タメ口でいいよ。二十代、三十代になって、田中と仕事上で出会ってみ。一年ぐらいの歳の差、関係ないだろ」

「はあ。よくわかりませんけど。でも、会社とかにも、先輩後輩とかあるんじゃないっすかね？　同期とかあるって聞いたことがあります」

僕は恐る恐る聞いた。先輩は軽く、顔をしかめた。

「ああ、さっきから言ってるけど、おれ、そういうくだらないことがある会社には入らないから。だいたい、会社にさえ入るかどうか、疑問なんだよね」

「あ、会社にも入らないんですか」

「入るとしたら、自分を磨いてくれる会社だよね」

「はあ」

「おれ、この間、森脇智弘さんのサイン会、行ったの。渋谷の書店の。森脇さん、すごく喜んでくれてさ。高校生で読んでるって、さすがにめずらしいって。今から頑張れば、絶対、成功できるって。セミナーにも誘われた」

「すごいですね」

「だからさ、田中がなんかの企業のCEO、つまり社長ね、として海外で仕事しててさ、おれも社長として海外で出会う。そしたらどうだ？　歳とか関係ないだろ」

「確かに……関係ないっすね。でも、海外って、どこですか。僕が社長って」

「例えば、東南アジアに……日本の……クレープ屋持って行って、世界チェーンにするとか」

「はあ」

頭、行ってる、と思った。この先輩、行っちゃってる。完全に。

クレープ屋?

自分がターバンを巻いているインド人相手にクレープを売っている姿を思い浮かべた。当時、僕にとっては、アジアイコールインドだったから。

僕が社長で、先輩とアジアの街で会う? 何言っているの、この人。

でも、それまで恐ろしいばかりだった部活動の先輩が、年齢や立場を無視して、真剣に話してくれたことはどこか嬉しかった。先輩の言葉には、自由の匂いがした。先輩をこんなに変えたのは、なんだろう。

僕たちの高校のバス停が近づいていた。

「じゃあ、これ、田中にあげるよ」

先輩は『絶対にまねのできない生き方』をさし出してくれた。

「え、でも」

高校生で、月五千円のこづかいの自分には、単行本は貴重品だった。

「いいよ。これは古本屋で買ったから。感想聞かせてよ。もし、もっとそういう本を読みたいなら、教えるし」

僕は先輩の手の上の本を見た。白地に、小さな船に乗った森脇智弘が釣り上げたでかい魚を見せている写真が使われた表紙。

これを読んだら、この先輩を急に僕に話しかけるほど自由にした、その秘密がわかるのだろうか。

僕はそっとそれを受け取った。

「田中も頑張れよ」

そう言って、先輩は先に降りて行った。

今なら、なんとなく先輩の気持ちもわかる。

世間知らずの高校生が、怪我《けが》で部活をやめた時、森脇の主張はぴたりと合ったのだろう。

僕も部活の合間に、それを少しずつ読み始めた。むずかしい本かと思っていたら、びっくりするほど、読みやすかった。

確かに、森脇智弘は大学なんか行くことない、と主張していた。今の地位を築くために大学で学んだことは一つもなかったからだ（その割に、自分はしっかり東大を卒業して、最初の出資者は同窓の卒業生だったが）。それよりも、英語を勉強して、世界に出ることだ、と。

その本を一冊読み切って、僕はちょっと目の前が明るくなったのを感じた。先輩みたいにすぐに世界に羽ばたこう、とかまでは思わなかったけど、別の道もあるんだな、ということはわかった。

先輩とはそれから、バスで一緒になることはなかったけど、同じ森脇智弘の本を古本屋で買って少しずつ読んだ。そこから、当時出たての、ホリエモンや、勝間和代《かつまかずよ》や、高《たか》城剛《しろつよし》を読んだ。親は僕が急に本を読み出したので喜んでくれて、本ならお小遣いとは別に買ってくれるようになった。

でも、高校時代はそうは言っても時間もお金も限られている。

本格的にどっぷりはまったのは、大学になってからだ。その頃出てきた、ひろゆきなんかが加わった。

彼らは新しいことをいろいろ教えてくれた。

いい大学へ行くことが必ずしも人生のすべてではないこと。会社も同じ。これからの世界を生きて行くには、そんなことよりもっと大切なことがあること。

だから僕はたいした大学にも入れなかったけど、周りの学生みたいに焦らずにすんだ気がする。先輩には感謝している。本を読むことを教えてくれたし。

漠然と、お礼を言いたいな、とは思っていた。

それに、あの時、よく、自分にああいう本を紹介してくれたな、と感心する。純粋な高校生だったからできたのかもしれないけど。

実を言うと、僕は人に勧めたことはない。こういう……自己啓発本やビジネス書みたいなものを読んでいるというのは、人に弱みをさらすみたいで怖い。

たぶん、皆川は絶対に読まないだろう。最初の頃、「本とか読むの？」と聞いたら、

「司馬遼太郎《しばりようたろう》と塩野七生《しおのななみ》をちょっと読むぐらい」だと言っていた。やっぱりな、と思った。ああいう、人目を気にしないやつはきっとそうだろう。

だから、話せなかった。

先輩の名前が、浅井陽介だったかがはっきりとは思い出せない。浅尾《あさお》だったかもしれない。靖介《せいすけ》だったかも。よく似た名前だと思うのだが。本当に自分はいいかげんな男だ。そんな恩人の名前もよく覚えていないなんて。

ただ、皆川の部屋から持ってきた、図書館の延滞図書の督促ハガキには、彼が最後に借りた本が記されていた。

森脇智弘の新作、『君に栄光を捧げよう』だった。

「なあ、一年先輩に、浅井陽介って人がいたの、覚えてない？」

この電話で五本目だ。

同じ高校でも、同じ学年でないと、名前やその後を調べる手段は限られている。当然、卒業アルバムもない。

出身校まで行って教えてもらう、卒業アルバムを見せてもらう、という手もあるが、最近は個人情報が厳しくて、卒業生といえどもそうやすやすと見せてはくれないらしい。まあ、そこまでするほど熱心でもないし。

高校の同窓会「青春」が時々、送ってくる名簿も、寄付した人間の名前しか載せていない。当然、浅井陽介の名前はなかった。ついでに言うと、僕自身の名前もない。

高校の同窓会に寄付するなんて、どういう人間なんだろう。

結局、僕ができるのは、当時の友達に電話して聞く、という非効率、かついい加減な手段だけだった。

「浅井? 知らないなあ」というのが、四人目までの言葉だった。

「ほら、夏ぐらいに腰を痛めて引退、っていうか、やめちゃった人。色白で目が大きい」

「レギュラー?」

「いや、違ったと思うけど」

「じゃあ、覚えてるわけないよ。影が薄かったんだろ」

そんなところが、答えの大半だった。

ただ、最後に連絡した、同じバレー部に所属していた宇田拓也《うだたくや》だけはじっくり考えた後、「確かに、そんな人、いたなあ」とつぶやいた。

「覚えてる!?」

「いや……名前まではは っきりしないけど、夏休みの頃、腰痛めてやめた人がいた。一度、俺が足首痛めた時、保健室で一緒になったから覚えてる」

「何か話した？」

「たぶん……足とか一度痛めると、それをかばって腰も悪くなるから気をつけろ、自分もそうだったから、とか、整骨院にはまめに通え、とか。まあ、そうめずらしいことを教えてくれたわけじゃないけど、優しい話し方をする人だなあ、と思った」

「名前は？　名前はちゃんと思い出せない？」

「どうだったかなあ。確かに、浅井とか浅田《あさだ》とかそんな名前だったような気はするけど。でも、その人がどうしたんだよ。仕事で再会でもしたの」

「それは」

僕は一瞬、ためらった。けれど、今さら、宇田に話しても別に被害はないだろうと思った。

「実はさ、僕の会社の同僚が今住んでいる部屋の前の住人が、そういう名前で、自殺したっていうんだよ」

「え」

「それでもしかして、あの人かと思って」

うーん、と宇田は考え込んだ。「どうかなあ」

「どう思う？」

「わかんない。自殺なんて絶対しないよって言い切れるほど、先輩のこと知らないし」

「まあ、それは僕もそうだけど」

それより、なんでそんなこと聞くの？　調べてどうするの？　と当たり前のことを聞き返されて、僕は困った。

宇田は身長百八十センチのがっちりした体格で、二年でレギュラーになった。確か、家が何かの商店をやっていて、親を助けたい、というようなことをたびたび言っていた。しっかりして信用できる人間だ。そして、気まぐれで先輩の自殺を調べまわったりはしない。

確かに、僕はどうするつもりなんだろう。

「ただ、気になったものだから」

そう答えたら、宇田はまあ納得してくれて「そういうの、心配になるよね」と言った。心配だろうか。僕は本当に、宇田のような真面目な男が言う意味で「心配」しているのだろうか。

それから、お決まりの「まあ、またバレー部で飲もうよ」という話を少しして、電話を切った。

皆川の家に行った、翌々週の月曜日の朝、僕は総務課長室に呼ばれた。

「田中さん、総務課長からお電話で、部屋に来るようにとのことです」

末席に座っている派遣社員の女の子がそう伝えた時、僕だけでなく、まわりの人間もざわっとした。

「田中、どうしたんだよ」

グループリーダーの村内《むらうち》さんが聞いてきた。

「知りませんよ」

一番驚いているのは、この僕だ。

「係長ならともかく、課長から呼ばれるなんて」

同じ言葉を村内さんに返したかった。

どきどきしながら、課長室に行った。部屋の前の席に、秘書代わりの仕事をしている女の子が座っていた。彼女が電話をしてくれたのだろう。僕と目が合うとうなずいて、課長室を指差した。

総務課長はもちろん、うちの会社の筆頭課長だ。他の課長とは違って、ちゃんと個室を与えられていた。

「失礼します」

ノックして入ると、席の前の応接セットに、課長と知らない男が座っていた。

僕が入ると、課長が顔を上げた。紺のスーツ、黒縁のメガネ、今どきめずらしい七三《しちさん》の髪。普通の人だ。一度見ただけではすぐに忘れてしまいそうな、特徴のない顔立ち。

しかし、だからこそ、この人がこの地位まで来た、ということに緊張させられる。

「君が田中保志《やすし》くん？」

「はいっ」

まるで面接の時みたいな声を出してしまった。

「こちらに座って」

課長は自分の隣の椅子を叩いた。

「失礼します！」

もう一度、お辞儀をしてから座った。

席について驚いたのは、課長の前に、僕と皆川の身上調書が置いてあったことだ。入社したあとに書かされたやつ。家族構成や家族の職場、実家の住所、本籍地、自宅までの詳細な地図、賃貸物件の大家の名前まで細かく記入させられる。

向かいの男に目をやると、彼は笑顔でもなく、緊張もしていない、なんとも言えない、ぼんやりした顔でこちらを見ていた。

「こちらね、仙道啓太《せんどうけいた》さん、という方」

課長が僕に紹介した。

「は。田中保志です」できるだけ深く頭を下げた。

すると、仙道と呼ばれた男が、ゆらゆらと立ち上がって名刺を出してくれた。背が高く、痩せた男なのに威圧感がない。

「仙道です」

僕も慌てて立ち上がる。

しまった、と思った。社内のことだから、名刺入れを持って来なかった。

「すみません。名刺を忘れてきてしまいました！」

「いいですよ。こちらが急に来たのだから。お気になさらずに」

正直、仙道より、課長の方が気になって、ちらっと見たら、そう怒ってもいなさそうで安心した。

座って名刺を見ると、「(株) 失踪ドットコム　担当部長　仙道啓太」と書いてあった。

失踪ドットコム。

聞いたことのない会社だった。だいたい、会社なのか。

「田中くん、こちらはね、失踪者の調査を専門に扱っている会社の方」

「はい」

「実は、仙道さんには我が社でこれまでも失踪した社員の追跡や、後始末なんかを頼んでいたんだよ。この方面については、とても優秀な方なんだ」

僕が上目遣いで仙道を見ると、初めてにっこり笑った。

「実はね、これは、今のところ、内密にして欲しいんだが」事実関係だけざっと話す。

開発部の皆川くん、君の同期の。先週半ばから会社に来ていないんだ。会社には何の連絡もない。同じ部のやつにアパートに行かせたんだが、鍵は閉まったままで周囲の人に聞いても、誰も姿を見ていないみたいなんだ」

「実家は?」

「実家の方にも連絡はないそうだ。それにご実家のお父様は入退院をくり返されていて、ご家族の人が探しに来ることもできないらしい」

するとそれまで黙っていた仙道が、僕に向かって声を出した。

「今、何を考えました?」

「え」

「今、何か思いましたね。それをそのまま話してください」

口調とは別に表情は元の穏やかなままだった。僕はちらりと課長を見た。彼がうなずいたので口を開いた。

「あいつ、皆川が、いや、皆川くんが実家に連絡してない、というのは、かなり……何かあったのかな、と」

仙道は深くうなずいた。

「皆川さんが実家に連絡しないなんて考えられない、と思うのですね? 彼と実家の結びつきは強いのですか」

僕は、先々週、皆川から聞いたばかりの実家と、彼の父親の話をした。

「なるほど。つまり、皆川さんは実家に責任を感じていたわけですね」

「はい」

「そんな男が失踪するというのは、かなりのことではないでしょうか。警察に届けた方が」

課長が身を乗り出して尋ねた。

仙道が手のひらを小さくこちらに向けて振った。小さな動作だったが、課長の声を制止するのに、十分だった。

「もちろん、御社やご実家の方が警察に届けるのにご協力することはやぶさかではありません。ただ、この場合、今の時点で警察に知らせても、ほとんどの場合、何の動きもありません。もちろん、これから、彼の携帯と銀行口座を調べるために警察のお世話になるかもしれませんが、部屋を調べて、ご実家に相談してからにしましょう」

「わかりました」課長はうなずいた。ちょっとほっとしているみたいにも見えた。

「それに、責任というのは諸刃《もろは》の剣《つるぎ》で、逃げ出さない理由にもなるが、逃げたくなる理由にもなるのです」

仙道は僕の方を見た。

「はい」

「君にここに来てもらったのは、君がこの社内で一番、彼と仲が良いと聞いたからです」

「そうかもしれません、たぶん」

「ここに入社してから今までのことを話してくれませんか」

それで僕は話した。一番仲がいいのは確かかもしれないが、まだ入社して二か月だから、そうたくさん話せることはない。

しかも、本来は話すべきかもしれないこと……皆川が事故物件に住んで報酬を得ていたことを言おうかどうか迷い……けれど、彼が何度も会社には話すな、と言ったのを思い出して黙っていたものだから、ちょっと歯切れの悪いものになった。

すし酢のことを話した時には、課長も仙道も口をそろえて「う」とうめき、酢を間違えて飲んだような顔になったのはおもしろかったが。

「わかりました」

仙道は細い目で僕をじっと見ていたが、特に突っ込みもせず、うなずいた。

「先ほど、こちらの課長さんにお願いして、ご両親からこの件に関しての全権委任状を取り寄せてもらいました。まあ、私の頼んだ書式に従って書いてもらい、ファックスで送ってもらっただけなんですけどね。これで、大家さんから鍵を借りて、彼の部屋を調べることができます。それに田中さんにも同行していただきたいのですが」

「僕もですか」

思わず、間抜けな声が出てしまった。

「午後は先輩のお供で得意先まわりが」

「今日は別の人に行ってもらおう。私からそちらの課長には電話して話を通しておく」

総務課長がすぐに言った。

「ぜひ、お願いします。私一人が皆川さんの部屋に行っても、前とどこが変わっているかわからないですから。君のような友達がいて、本当によかった」

それで僕は、その仙道という男と一緒に、皆川の家に行くことになった。


ラッシュが過ぎた午前の電車はがらがらだった。

老人やベビーカーの母親しか乗っていない。

僕はそこに、仙道と並んで座った。僕は緊張してこちこちになって身をすくめて座り、仙道は長い脚を始末の悪い置き物みたいに投げ出していた。

しばらくして、黙っていた仙道が、くすり、と笑った。

「なんですか」

「いやね、昔、僕もこんなふうに同僚と一緒に、失踪した同期の部屋に行ったことがあったのを思い出した」

「やっぱり初めてじゃないんですか」

「もちろん。でも、その時はまだ普通の会社員だった。それが、僕の最初の案件になった」

案件？　失踪もそう言うのかと思ったが、黙っていた。

「こんな、天気のいい日だった」

「……その人、会社に戻ってきたんですか」

「いいや」仙道は僕の方に目を向けた。キリンみたいな目だな、と思った。「戻ってこなかった。彼は二度と戻ってこれないところに行ってしまった。だから、ちゃんと探さないとダメなんだ。戻ってこれなくても、探さないとダメなんだ」

皆川が戻ってこない？　あの皆川にもう会えないということなのか。そんなバカな。

「でも大丈夫。たぶん、皆川くんは戻ってくる。そんな気がする」

「仙道さんはたくさんの失踪を調べているんですか」

「うん。たくさん。かなりたくさんだね。君が思っている以上に失踪っていうのはよくあることなんだよ。大きな会社ではそういうことを専門に扱う人間を置いているところもある。けれど、最近はそこまで手が回らないことが多いから、僕のような人間に頼むんだ。もちろん、家族や友達の失踪を調査してほしいっていう個人の客もよく来る」

仙道はふっと息を吐いた。ちょっと疲れているみたいだった。

「君は皆川くんのことでまだ話してないことがあるね」

「え」

僕はまた、仙道のキリンの目を見た。細くて大きくはないんだけど、目の玉がきょろりとしているからそう見える。

「総務課長の前では話せなかったことだね」

僕は迷った。

「言った方がいい。たぶん、皆川くんは戻ってくる。だけど、それを言わないと、何かがあった時君は後悔する。君のためでもあるんだ」

「でも、会社に」

「大丈夫。会社には言わない」

「皆川に言わないでくれって頼まれてたんです」

「わかってる。そうじゃなければ、君は言う。そういう人だよね。正直ないい人だ。でも、安心して。皆川くんが無事戻ってくれれば、僕も会社に報告する必要はない。もしも戻ってこなければ、いずれにしろ、皆川くんの査定や評判を気にする必要はないだろう？」

それで、僕は皆川から聞いた事故物件に住む仕事について話した。

「ふーん。事故物件ねえ」

「そういう仕事って知ってましたか」

「いや。具体的には。だけど、噂は聞いたことがある」

「そうですか。失踪と関係あると思いますか」

「どうだろう。まだ、わからないね。でも、君は彼を裏切ったと気に病むことはないよ。皆川くんのことを調べていればどちらにしろわかったことだ」

仙道はスマートフォンを出して、手早くメールを打った。

「なんですか」

「うちの会社のものに、事故物件を扱う業者のことを調べてくれるように頼んだんだ」

それから僕の顔を見て、ちょっと笑った。

「まだ、言ってないことがあるね」

僕ははっとした。

「でも、まあ、それはいいや。じょじょに聞いていこう。その方が楽しいからね」

それから腕を組んで目をつぶり、駅に着くまで何も言わなかった。

先々週来たばかりのアパートの前には、一人のおじいさんが立っていた。

「大家の野原《のはら》です」

おじいさんはちょこまか小走りに、僕たちに近寄ってきた。

「先ほど、会社の方からご連絡いただきまして」

「ありがとうございます。お手数かけます。これが、皆川くんの実家の委任状です」

しかし、おじいさんはそれにはあまり興味がないようだった。委任状をほとんど見ないで、こちらに返してきた。そして、すぐに部屋に向かって歩き始めた。僕らもそれに続く。

「いや、こちらとしてもありがたいですわ。早めに連絡していただけて。どこの会社もこうしてくれるといいんですけどね。中でどうにかなっていたら、とにかく時間との勝負ですから」

言い過ぎたか、とちらっと振り返って、こちらの顔をうかがった。人のいいおじいさんに見えたのに、その目には一瞬、抜け目ない光がともった。

「いいえ。かまいませんよ。本当に問題が起きた時、一番大変なのは大家さんですものねえ」

仙道は、僕と話した時とはまたちょっと違う、くだけて優しい口調であいづちを打った。

「そうなんですわ。中で死んでたりするなら、せめて腐る前に運び出したい。それが本心。皆川さんは、いい人そうだったし、ちゃんとした会社員だって聞いたから安心してたのに。何より、あそこは事故物件を扱う業者さんに処理を頼んだばかりだというのにねえ」

仙道が半歩進んで野原のおじいさんに近づく。

「それは野原さんが頼んだんですか」

「そうですよ。あそこに前住んでいた人が自殺してしまってから、なかなか人が入らないもんですから。そういう物件を上手に処理してくれるっていう不動産屋を紹介してもらったんです。ああ、その不動産屋にも連絡しました。すごく驚いててね、恐縮してましたよ。皆川さんの失踪がはっきりすれば、すぐに荷物を運び出して、新しい住人を入れるって言われたけど、さあ、どうしたものか」

ドアの前まで来て、最後は小声になった。野原はポケットからじゃらりと束ねられた鍵を出した。ドアの隙間に鼻を近づける。

「臭いはないね。今の季節なら、臭いそうなものだけど」

僕らを振り返る。

「では、開けますよ」

僕は知らず知らずのうちに、息を止めていた。

がちゃり、と鍵が開く。僕、仙道、野原、しばらく誰も手を出さなかった。お互いに顔を見合わせていたが、結局、野原がドアノブをつかんだ。

「行きますよ」

ぎーっとドアを手前に引いた。

部屋はがらんとしていた。特に変化はなかった。もちろん、臭いもしないし、虫がはっていたりもしない。

前に来た時のままだった。奥の部屋から皆川が「どうしたんだよ」と言いながら、出てきそうなぐらい。

はーっと息を吐いた。あまりに大きくため息をつき過ぎたのか、仙道と野原がこちらを見た。

「若いね」と野原が言った。

「若いですね」仙道もうなずいた。

「すみません」

はははは、と二人は笑った。

「こういうことに慣れてきちゃうと、そういう気持ちもなくなっちゃうんだな」

「そうですね」

それでは、入りましょうか、と仙道が言って、僕らは靴を脱いで入った。

「どう？」

仙道が僕に聞いた。

「どうって？」

「この間来た時と違ってる？」

「いえ……たぶん、変わってないです」

もともと、そうものが多いキッチンではなかった。はっきりはわからないけど、印象は変化していない。

キッチンはきれいだった。洗ったコップが一つ、かごの中に置いてあった。仙道が、冷蔵庫を開けた。飲み物のペットボトルが入っているだけ。すっからかんだった。

野原ががらりと次の間のふすまを開けた。

僕と皆川が座ってすし酢を飲んだ、低いテーブルがそのまま残っていた。

「ここも変わりない」

「はい」

部屋の片隅に、小さめの液晶テレビが置いてある。他にはほとんど家具はない。

「鞄がないなあ」

仙道がつぶやいた。

「え」

「会社に持って行く用の、鞄がない」

「そうですね」

僕もあたりを見回して、言った。

「どんな鞄だった？」

僕は軽く目をつぶって、思い出した。

「デイパックでした。あいつは開発部だから、そういうのでいいんです。僕は営業だからちゃんとしたのじゃないとダメだけど」

「うらやましかった？」

「え」

「そういうの、うらやましかった？」

仙道はテレビの隣に重ねてあった数冊の雑誌をぱらぱらとめくりながら尋ねた。

「あの、私、もう行っていいですか」

野原が言った。彼は部屋に遺体がないというのを確かめたとたん、ちょっと関心をなくしたようだった。

「相場《あいば》さんにも連絡しなきゃならないし」

「相場さん？」

「その不動産業者ですよ。事故物件の」

「ああ。いいですよ。あとで、その相場さんの連絡先を教えてもらえますか」

「はい。裏に私の家があるんで、帰りに寄ってください。鍵を渡しとくので」

野原は仙道に鍵を渡すとそそくさと出て行った。

「ほっとしたんだろうね」

仙道が微笑みながら言った。

「そうですね」

「君はどう？」

この人、さっきから、僕の気持ちばっかり聞くな、といぶかしく思った。まるでなんかの探偵で、皆川の失踪に僕が関わっていると疑っているみたい。

聞かれるのはあまりいい気持ちがしなかった。答えるたびに、自分の中から何かがぽろぽろ落ちていく気がした。

「ちょっとほっとしました。病気とかではないみたいなので。でも、どうしたのかなあ。逆に心配にもなりますよね」

「そうだね」

「こういう時、どういうことが多いんですか。仙道さんはたくさん失踪に関わっているんですよね」

仙道は、今度はカーテンレールの上に指を這《は》わせて、埃《ほこり》を取り、それを見つめた。埃から何かわかるんだろうか。

「しばらくしたらふらっと帰ってくることが多い。会社員の失踪のほとんどはそうだから」

「そうなんですか」

「そう、ふらっと出て行って、ふらっと帰ってくる。ただ、皆川くんがあんまり生真面目で思い込みの強い性格だと、責任を感じて出てこれなくなるかもしれない。でも、話を聞く限り、真面目な人だけどどこか、ひょうひょうとしたところもある人なんでしょ。すし酢飲むような」

「いつも飲んでるわけじゃないと思いますけど」

「開発担当で、営業とかと違って職場ものんびりしているでしょ。帰ってくる可能性が高いんじゃないかな。同じ職場の人からも話を聞いたけど、そんなにかりかりしてる感じじゃなかった。あれなら帰ってこれる。連絡がないのはちょっとまずいが、それさえクリアされれば大丈夫」

「帰って、これる……」

　本当だろうか。僕にはわからない。もしも、今の職場で一週間以上席を空けたら、病気とか事故とか大きな理由がなければ、恥ずかしくて帰ってこれない。

「君はもしかしたら、失踪に対して、否定的な見解を持ち過ぎなんじゃないですか」

「否定的も何も、今朝の今朝まで、失踪について考えたこともないので」

「まあ、それが普通だよね。だけど、そんなことをしたら、もう二度と帰ってこれないと思っているんじゃないの？」

「まあ、そうですね……だって、何より気まずいじゃないですか」

「なるほどねえ。実際の規則や迷惑より、その場の雰囲気を優先するんだ」

「いや、そういうわけでは……いや、そういう人間ですね、僕は、確かに」

「まあ、それが普通だよね。でもね、さっきも言ったように、失踪する人は君や世間の人たちが思っているよりもたくさんいるし、そのほとんどはちゃんと帰ってくるんだ。私はこう考えている。失踪は人間が集団生活を送る上で、なんらかの必要性を持ってプログラミングされた本能だと」

「本能？」

「そう、例えば、諸説あるけど、アリの集団は、二割がよく働いて、二割は働かない。けれど、その働いている二割を取り除くと、残った八割のうちの二割がよく働き始めるって言うよね。そういうふうに、人間も、失踪がプログラミングされているんだよ。集団で生活するために、時々、人間は失踪するんだ。いや、失踪は個人のものでなく、集団のものかもしれない。その集団を滞りなく運営していくために人は失踪する。僕らは失踪する人に感謝する必要があるのかもしれない」

　そういうことを、仙道は部屋の中を調べながら、たんたんと語った。

　僕は失踪について急にいろいろなことを聞いたので、正直ちょっと混乱して黙った。

「あとは、ここだな」

仙道がつぶやいた。彼は押し入れの前にいた。

「本当はあの大家さんがいる時に開けてみればよかったけど、しょうがない。君がいるからまあいいだろう」

「はい……」

「ここに何が入っているか、わかる?」

「いや。この間来た時は、一度も開けなかったので」

「たぶん、寝具が入っているんだろうな」

「はい」

確かに部屋に布団はなかった。

「じゃあ、開けようか」

「はい」

仙道は押し入れに手をかけると、がらっと開けた。

どさっと物が落ちてきて、僕の心臓は飛び上がりそうになった。けど、すぐに収まった。落ちてきたものが本だとわかったからだ。押し入れの下の段に布団が、上の段に何十冊もの本が重ねられていて、バランスを崩して落ちてきたのだった。

「ずいぶん、読書家なんだねえ」

仙道は小さくつぶやいて、それらを取り、手早くぱらぱらとめくった。

僕も、彼の足もとに落ちている本を取った。はっとして、押し入れの中に残っている、他の本を確かめた。

「どうしたの」

僕の様子を見て、仙道が尋ねたけど、答えなかった。

そこにあったのは、数十冊の本。どれも、人気の自己啓発本やビジネス書ばかりだった。端がめくれあがっているぐらい、読みこまれたものもあった。あの、森脇智弘の本も。

司馬遼太郎や塩野七生の本は一冊もなかった。

皆川も、読んでいたのか。こういう本を。

僕は本の山の前で、頭《こうべ》を垂れた。

仙道とは、アパートの大家の自宅の前で別れた。彼は一度、自分の会社に戻って状況を整理し、うちの会社や実家とも相談して、警察に届けを出すか決めるという。

「もしも、何かあったら、連絡してね」

「皆川、帰ってきますかね」

また、同じことを聞いてしまった。

「大丈夫。人間というのは、案外、強い。というか、僕は強い方にかけるよ」

仙道は、僕の肩をぽんぽんと叩いて、離れて行った。

僕はそのまま会社に戻り、普段通り、仕事をした。席を空けていた理由は総務課長が適当に話していてくれたからか、誰からも聞かれなかった。何事もなかったかのようだった。

そんなものなのかもな。

もちろん、僕がいなかったのは数時間だし、総務課長のご威光というのがある。けれど、離れていたのは同じだ。

でも、仕事は回っている。もちろん、僕は入社したてのぺーぺーだけど。

いろいろ心の中で言い訳しても、一つの考えがやめられなかった。

もしも、僕がふらりといなくなって、ふらりと帰ってきても、誰も気にしないんじゃないかって。

人生ってそんなものかもしれないって。

その夜、僕はそっと、皆川の部屋にしのびこんだ。

しのびこんだ、は正しくないかもしれない。ちゃんと大家の野原に話して、鍵をもらったから。

「もう一度、よく調べたいんです」と言ったら、何も疑われずに、「ありがとうねえ」

と感謝までされた。

あの、すし酢を飲んだ、六畳間に入る。据え付けられている、小さな裸電球をぱちんと点《つ》けた。スーツの上着を脱いで、一つあったハンガーにかけた。

布団も敷かず（やっぱり、皆川の布団に寝るのは気が引けた）、ごろっと部屋の真ん中に横になった。

皆川が毎晩寝るときにも、きっとこの風景を見ていたのだろう。

皆川と、浅井陽介のことを考える。

皆川、帰ってこいよな。

気がついたら心の中で呼びかけていた。

あの仙道さんも言っていたけど、皆、あんまり気にしてないものだよ。僕らのことなんて。

それはさびしいことだけど、でも、気楽なことでもあるよ。

帰ってこいよ。

あんな本を読んでいても、僕らは、取り替えの利かない、世界にただ一人のオンリーワンの人間になんてなれなかった。

大学もちゃんと行ったし、親を悲しませないために就職もしたしさ。自分を高める会社？　そんなのなかったよ、どこにもなかった。

ただ、入れる会社を探すだけでいっぱいいっぱいだったよ。

でも、いいじゃんか。また、飲もうよ。

僕、結構、皆川が好きだし。いないと、さびしいよ。

あれから、実は皆川の名前で検索しちゃったんだ。ごめん。そういうことはしないようにしてたんだけど。

そしたら、皆川が本名でやってたツイッターのアカウントを見つけちゃったよ。

結構、自己啓発本、たくさん読んでたのな。感想とか読んで、嬉しかった。いろんな勉強会とかセミナーとか行ってたんだな。何を目指してたの？　また会えたら話したいよ。

それから、もしかしたら、僕の先輩かもしれない、浅井陽介という人。

すみません。ずっと忘れてて。あと、名前も覚えてないぐらいで。

でも、ずっと感謝していました。ああいう本を教えてくれて、ありがとう。

世間は僕らを、意識高い系とか言って、バカにしたりします。

でも、しょうがないじゃないですか。ああいう本でも読んでなければ、やってられないですよ。

先輩も戻ってこれるって、わかってたらいいのに。

いつでも戻ってこれるって、誰かが教えてくれたらよかったのに。

あの日、バスの中で先輩は先を見ていた。

ずうっと先を。僕が見えないような先を。

だけど、先を見ているっていうのは、何も見ていないのと同じだったのかもしれない。


次の朝、僕は高円寺の商店街を、奥へ奥へと歩いていた。

会社には、総務課長に頼まれた用事で、午前中半休をもらいたい、と連絡してある。

僕の手の中には、あの野原に聞いた、相場不動産の住所がある。仙道に教えている時に、じっと聞いて覚えたのだ。

皆川のことをもっと聞いてみたかった。できたら、浅井陽介のことも。

その不動産屋は商店街の一番奥の道を曲がった細い道にあった。

「相場不動産」

店のガラス戸には、たくさんの物件をプリントした紙が貼り付けられている。

大きく息を吐いて、がらりと戸を開けた。

正面の受付に、まるまると太った女の子が座っていた。ばっちりメイクに付けまつ毛、ネイルもデコデコに凝っている。

「いらっしゃいませえ」

甲高《かんだか》い声で言って、僕に微笑みかけた。

「あの」

僕はためらいながら言った。

「あの、相場さんっていう方、いらっしゃいますか」

僕は尋ねる。皆川のことを知りたい。浅井陽介という先輩かもしれない人のことを知りたい。事故物件に住むということについて知りたい。

それは、これまでちゃんと調べてこなかった、ちゃんとコミットしてこなかった、自分への戒《いまし》めだ。

できたら、皆川も探し出したい。

「ちゃんと探すのは、残った人のためでもありますよ」

仙道はそうも言っていた。

そしたら、僕は何かが変わるかもしれない。

いや、たぶん、変わらない。それはわかっている。

でも、わかっていても、大人にはしなければならないことがあるのだ。

幽霊なんているわけない

ドアを開けると、八畳の和室には何もなかった。

空だということは聞いていたのだが、がらんとした部屋はどうしても自分自身のような気がして、そして、そんなセンチメンタルなことを考えてしまった自分に嫌気がさして、おれはすぐに回れ右をしてそこから出て行きたくなる。

けれど、そういうわけにはいかない。

不動産屋のまあちゃんという店員からは、「大丈夫です、最低限の家具や家電は後から適当に見繕って持って行きますから」と言われていたが、本当に忘れないで持ってきてくれるのか。だいたい、最低限の家具や家電というものがなんなのかということは人それぞれだろう。おれにとってテレビは必要な家電だが、炊飯器はいらない。ちゃんと生活できるのだろうか。

おれは部屋の右隅に持参のボストンバッグを置き、ごろんと横になった。せっかく、何もない空間があるのだから真ん中に寝ころべばいいものを、なぜか卑屈に小さくなってしまう。

ここにたどりつくまでのできごとは急激な速さで進んで、おれ自身、その勢いについていけないほどだ。

始まりは一週間前の水曜日だった。

会社から家に帰ると、妻の桐子《きりこ》が暗い顔をしていた。

それはごく普通のことなので、あまり気にせず寝室（ダイニングキッチン、子供部屋と夫婦の寝室しかない小さなマンションだ）に行って、着替え始めた。ネクタイをほどいて、スーツの上着をハンガーにかけ、ズボンを脱いだところで、桐子が入ってきた。

暗い顔のままでおれの後ろに立った。

彼女はしばらく黙っていた。それで、おれは振り返って、なんだ？　と聞いた。骸骨《がいこつ》のような目をした女が後ろに立っているのは薄気味悪い。

「……出て行ってください」

「え」

桐子の声がささやくように小さかったので、「手で行ってください」と言ったのかと思い、意味がわからなくて聞き返した。ワイシャツに靴下というかなりさえないかっこうで。

「出て行って、ください」

もう一度、今度ははっきりと彼女は言った。

「出て行く？　ここで着替えでもするの？」

この部屋を出て行く、という意味かと思ってまた聞き返した。

桐子は黙って、おれに一枚の紙を渡した。ラブホテルのレシートだった。数日前の。

それを見て、おれはほとんど観念した。

一瞬のうちに頭をフル回転させても言い訳が思いつかない。その日、外泊してたら、「飲み会の後終電逃して、どうしても泊まるところがなくて」とか嘘をつけたのだろうが、十一時ごろ帰宅した日だった。

だから、おれの頭脳はそのこと自体を否定するより、どう上手にことを収めるか、という方へ転換することにした。

だいたい、浮気は初めてではない。

桐子は故郷福岡の高校の後輩だ。

おれが東京の大学を出て、今の会社に入った頃、彼女は福岡から上京した。SNSを通じて連絡してきた。

同じ軟式テニス部にいた、と言われても、ほとんど思い出せないぐらいの影の薄い女だった。親や姉妹との折り合いが悪く着の身着のままで出てきた、友達もいない、と言われて泊めるしかなかった。それに、当時の彼女はすらりと細くて日焼けし、細い目や暗い顔もエキゾチックな感じで結構、イケてたのだ。今はただ貧相な背の高い女だけど。

そのまま、なんとなく男女の関係になって、同棲《どうせい》のようなことになって、けんかしたり別れたり、また、桐子が戻ったりしていた。その間、ずっとSNSでつながっていた。

そして、四年前に娘のかりんができ、おれたちは結婚した。

正直、その時には、ほとんど気持ちが冷めていた。

いや、最初から冷めるほどの愛情もなかった。桐子に「好きだ」とか「愛している」とかいう高ぶりみたいなものを感じたことは一度もない。

ただ、つながっている。SNSで、同居した部屋の家賃を折半する金で、そして、セックスで、子供で。

SNSで「新しい恋愛を」みたいな雑誌記事が時々、あるけれど、本当のSNSの恋愛って、おれたちみたいのじゃないか。

「今、どこに住んでるの」

「荻窪《おぎくぼ》」

「付き合ってる人いるの」

「いない」

それだけで、なんとなく同居が始まってしまう。

好きだという情熱もないけど、別れるほどの情熱もない。

たくさんの女の子と付き合ってきて、桐子以上に好きになった子も少なくない。

ただ、こいつは近くにいた。

そして、子供ができた。

妊娠した時、桐子はおろしたがらなかった。おれにもちょうど恋人がいなかった。それだけのことだ。

だから、浮気をしてしまう。

「出て行って」

とっさに答えが出てこなくて、おれは黙った。

「出て行って」

すでに五回以上彼女はそれをくり返している。

「……なんで急に」

やっと出た言葉はそんなものだった。けれど、おれの本心でもあった。なんで急に？これまでも何度も浮気してきたじゃないか。結婚前のことは勘定に入れなくても。桐子が気がついたものも気がついてないものもあるけど、片手で数えられないぐらい。

「十四回目だから」

ほぼ全部、気がついていたのか。自分で数を数えたことはなかったが、そんなものだろう。

「何、十四回目って」

「十三回やったら別れようと思ってた。だけど、十三回目の時は十三というのがどこから数えて十三なのかわからなくて」

「どこから？」

「ゼロを入れて十三なのか、イチから十三なのか」

「意味がわからない」

「だから、最初の一回目をイチとするか、ゼロとするか、ということ。だけど、十四は確実に十三を過ぎているから」

説明されてもわからない。彼女はそういう一風変わった思考回路を持っていて、それが長年連れ添っても、どこか打ち解けない理由の一つでもあった。

「なんで十三回？」

「十三って外国では悪い数字なんでしょ」

「なるほどね」

「荷物をまとめて出て行ってくれる？　と言っても家具も家も私とかりんがもらうから。慰謝料も月々の養育費ももらうから」

「でも」

「浮気の証拠は十四回分しっかりつかんでるし、あんまり抵抗しない方がいいわよ。うちの実家に逆らっても勝ち目はないから」

そこで初めて桐子がニヤリと笑った。

そうだった。桐子の親父さんは司法書士で、地元で小さな事務所を開いている。それだけならまだしも、桐子の姉は東京の弁護士でバリバリやっているキャリアウーマンだ。昔は仲が悪かったが、結婚を機に行き来するようになった。ひどく派手なスーツを着ていて意地悪な物言いをする。おれが苦手としている人物だった。

「あなたから取れるものは、すべてしぼりとるつもり。ケツの毛一本だって逃さない。一生、私たちに尽くすのよ。かりんとも会わせない。無駄遣いしないようにね。再婚なんてできないようにしてやる。覚悟しておいた方がいい」

桐子はもう笑わなかった。上目遣いにおれを見つめた。


そんなわけで家財道具一つ持たずに家を出たおれは、まず大学時代の友人の高円寺のマンションに転がり込んだ。浮気相手小谷《こたに》まゆの家に行けなかったのは、相手も結婚しているW不倫だったからだ。

居候しながら、仕事の合間に最初に探したのはいわゆるシェアハウスだった。家賃も安いだろうし、一通りの生活用品はそろっているらしい。人と暮らすのは決して得意ではないが、背に腹は替えられない。

しかし、それを探すのは思ったよりも大変だった。

それを専門に扱っている業者に頼んでも、年齢制限があったり、時間のかかる、厳しい審査があったりする。そのどちらもないものは、寂れた場所の荒れた家で、部屋は乱雑に散らかり、共用スペースの居間には目つきの悪い、体臭のする男たちがうろうろしていた。とても、気を許して過ごせる環境ではなかった。

それで、いったんシェアハウスは諦めて、とにかく安い部屋を探してみようと、高円寺の不動産屋を回ってみた。けれど、ただ安い部屋を探している、と言っただけでは、向こうもどこか用心するようで、はかばかしい返事がない。内見《ないけん》したい、と言っても、「あいにく、時間がなくて」と断られたりした。まあ、そんな利益率の低い仕事はしたくないのかもしれない。

一番最後にたどりついたのが、「どんな部屋でもお探しします」という看板が下がっていた、相場不動産だった。その看板は、まるで「氷」の札みたいに、軒先に吊るしてあって風に揺れていた。

「なるほど、つまり鎌田《かまた》さまはできるだけお安い部屋をとにかく早急に探されたい、と」

店にいた、ちょっと太めの女の子（のちにまあちゃんと呼ばれていることがわかった）は、パソコンに向かうと、はち切れそうな紺のベストの制服のすそをきゅっと引っ張った後、ネイルでキラキラさせた指をせわしなくキーボードの上に走らせた。そうしないと、ベストが上へ上へと持ち上がってしまうらしい。

「はい。駅から遠くていいんです。バスやトイレはなくても。それから自炊はしないからキッチンはいらない」

「それでは、鎌田さまの、現在のご職場はどちらでしょうか」

「新宿です」

「はい。で、ご出勤は何時までになさりたいですか」

「八時が定時ですが、実際には七時四十分までに出社したいですね」

「新宿駅から会社まではどのくらい時間がかかりますか」

「西新宿ですから、十分以上は」

「なるほど」

まあちゃんはやっとパソコンから顔を上げた。

「このあたりで一番、駅から遠い場所となるとだいたい徒歩十五分ぐらいになります。それ以上になると別の駅の範囲内に入ってきますから」

「確かに」

おれはうなずいた。

「つまり、徒歩十五分で、高円寺から新宿までは快速で片道七分ですが、実際のところ、早朝の通勤時間帯ならたくさんの人がいますし、なかなか時間通りには行きません。そして、新宿駅から西新宿までも時間がかかる、となると、なんだかんだで四、五十分はみていただかなくてはなりません。つまり六時五十分には家を出なければなりません」

彼女が何を言いたいのかわからなかったが、とりあえず、うなずいた。

「それから、夜ですけど、先ほど、残業も多い仕事だとおっしゃっていましたよね？　終電になることもあると」

「まあね」

「そうなると、風呂なしの部屋では銭湯に行かないといけませんけど、このあたりの銭湯はどこも十一時には閉まります。もしかしたら、何日もお風呂に入れない可能性もありますけど、大丈夫ですか」

大丈夫ですか、と聞かれたって……、本来は自分だってそんなところに住みたくはないのだからあいまいにうなずくしかない。

「そうですか？　鎌田さんってそういうのだめなタイプに見えますけど。何日もお風呂に入らずに、会社の女の子に嫌がられたりするの、耐えられないですよね？」

図星を指される。

「まあね」

「じゃあ、おすすめしないですよ。そういうところにはいられなくて、また引っ越すことになったら、敷金礼金、引っ越し代、さらにかかりますよ。節約なんて言ってられないですよ」

彼女には離婚の理由を伏せて、今の状況を話してある。

「家財道具だって一式そろえなくちゃならないし」

「だから、本当はシェアハウスでもいいかなあ、って思ってたんだけどね」

すべての希望を拒否されるので、自分もいろいろ考えた、ということを主張したくて、そんなことも言ってみた。

「ああ、シェアハウス。三十過ぎたらやめた方がいいです」

ばっさり、という口調で言われた。

「なんで」

「ああいうところは、二十代の花も実もある人が住むものです。毎週、バーベキュー大会とか、お花見とか、持ち寄りパーティとかするんですよ」

まあちゃんはいまいましそうに顔をしかめた。自分だって花も実もある二十代女子なのに。

「友好を深めようとして、いや、端的に言うと逢引《あいびき》の相手を求めて男女が集まるのに、バツイチ子持ちの三十男がいても盛り下がるだけじゃないですか」

「ひどいこと言うなあ」

「失敗している人をたくさん知っているんで。だいたいそういうのについていけなくて、一人、部屋にこもることになるんです。まわりがきゃあきゃあはしゃいでるのを聞きながら、布団を頭からかぶって泣くんですよ」

見てきたようなことを言う。

「じゃあ、どうしたらいいのかなあ」

「安易に決めない方がいいです。お金がないといったらシェアハウス、それがだめなら格安物件。そのどちらも、安いには安いなりの理由があるんです。そして、本来は安い場所っていうのは、実は高いところに住むよりもずっと大変で、自分を律することができる人が住むべきなんですよ」

なんでこんな小娘に厳しいことを言われなければならないのか……と思いながらも、感心してしまった。

「なるほど」

「鎌田さん、掃除とか洗濯とかも含めて、家事とかこまめにできる方じゃないでしょう。でも、これからは自分でいろいろやらないといけませんよ」

「そうかあ、自信ないなあ」

「ですよね」

まあちゃんは鼻にしわを寄せて、ふふん、と笑った。本来なら、こちらが客だ。会ったばかりの店員にここまで言われたらむっとするものだが、言うことにいちいち説得力があるので納得してしまう。

「あなたのような人にもぴったりの方法があります」

まあちゃんは重々しく言った。

「方法？　部屋でなく？」

それまでよどみなく説明していた彼女が急に真顔になって口を閉じ、こほん、と咳払《せきばら》いした。駅伝の県代表女子選手が、道端の小さな石につま先をぶつけて、ふと立ち止まったような咳だった。その小石を見つめて、どうしてあたしはこんなところで止まってしまったのだろう、というような感じ。ネイルした指先を見つめる。

「部屋、と言ってもいいでしょう」まあちゃんは小石ならぬ、指先から目を上げて、何事もなかったかのように言い直した。「あなたにぴったりの部屋があります。というか、あなたにはもうこの部屋しか残されていません」

「へ」

「少々お待ちください」と言って、彼女は店の奥に引っ込んだ。

おれは店の中の、火災予防の啓蒙《けいもう》用ポスターを見ながら待っていた。古いポスターだ。色が変わって端がめくれあがっている。一昔前のアイドルが、消防士の制服を着てにこやかにこちらを見ている。最近、テレビで見ないな、と思った。

彼女は確かアイドルから女優にシフトし、しばらくは活動していたはずだ。その後、丸の内のタワーマンションで病死しているところを発見された。

つまり、彼女はもう死んでいる。見ないはずだ。

「お前はもう死んでいる」

そう言って、指をピストルの形にし、ばんっと撃つまねをした。あまり気持ちのいいものではなかった。やらなければよかった、と後悔した。

なんでこんなものが飾ってあるのだろう。彼女のその後を考えると気味が悪い。しかもかなり古い。周りには普通にここの商店街の店が作ったらしいカレンダーやら近所の劇場の演劇のポスターやらが貼ってあって、どれも新しいものだった。だから、余計その古さが際立つ。

「気になりますか」

突然、声をかけられて、ぎょっと振り返った。まあちゃんが戻ってきていたのだった。

「え」

「そのポスター」

「いや、別に」

まあちゃんは何事もなかったかのようにおれの前に座った。

「本来なら、社長の相場が立ち会って、あなたを見定め、ご説明するところなのですが、今、ちょっと手が離せなくて」

別におれにとってはかまわない。ただ、また、彼女の一言が気になった。

「見定める？」

「これまで、この業務に就く人は、必ず、社長の許可が必要だったんです。ただ、一年前、社長のお嬢さんがお子さんを三人連れて出戻って来られたんです。お嬢さんは新宿の別の会社に派遣で働いていらっしゃるんですよ。それで、社長はこの時間帯だけはどうしてもそのお孫さんたちと夕飯を一緒に食べると決めていて、どんなに火急の要件があっても出てこられないんです」

おれにとっては、本当にどうでもいいことだったが、まあちゃんには不満があるらしく、話しながら口が曲がった。

「子供だけでご飯を食べるのはかわいそうだと言うんですけど、一番上の子はもう高校生ですよ。下は小学生だけど。じじいがいつも一緒っていうのも気がめいると、いや、気を遣うと思うんですけどねえ」

「まあね」

「ま、そういうことで、とりあえず、最初の説明はあたしがさせていただきます。大丈夫です。ずっと社長の補助をしてきましたし、ここのところ、ロンダリング案件はほとんどあたしが回してるって言ってもいいぐらいなんですから」

だから、こっちはどっちでもいいんだって。

「ロンダリング案件？」

まあちゃんは一つ息を吐いて、姿勢を正した。言葉とは裏腹に、少し緊張しているみたいだった。

「鎌田さんは、これまで事故物件という言葉を聞いたことはありますか」

「聞いたことない」

「ないんですか？　最近、テレビでもやったり、新聞記事にもなったりしたのに」

まあちゃんはちょっと非難するみたいにおれを見た。知らないんだからしょうがない。

「ない」

「じゃあ、最初から説明しますけど、事故物件というのは何か定義があるわけではないんです。不動産屋の広告にも『事故物件』なんて書きません。『告知事項あり』と書くんです。まあ簡単に言うと、殺人、自死、事故死、孤独死などの死亡事故もしくはそれに準じた事件があった賃貸物件を指します」

「げ」

おれは思わず腰を浮かした。けれど、まあちゃんは平然とこちらの顔を見ているので、しょうがなく腰を下ろした。

「そういう物件は人が借りたがりません」

「そりゃあ、そうだろうなあ」

「特に事故があった次の賃貸希望者には事情をこちらから説明する必要があります。それをしないと後で訴えられた時、不動産屋もしくは大家が損害を被る可能性があります。しかし、誰かが一人でも住んだ後なら、こちらから進んで伝える必要はありません」

「ふーん。知らなかったなあ」

「そんなわけで人が死んだ部屋に誰かを一か月だけ住まわせて一度浄化させてから人に貸す、という仕事ができました」

途中からなんかじわじわと嫌な予感がわき上がった。

「ロンダリングといいます。それをする人を最近は『影』と呼んでいます」

「つまり、それを……」

ごくっと唾《つば》を飲み込む。まあちゃんは平然とうなずいた。

「鎌田さん、挑戦してみませんか。ただ、住んでいるだけでいいんです。家賃はただになるし、一日五千円の日当をお支払いします。大きな声では言えませんけど、税金のかからないお金です」

つまり、一か月十五万……仕事とは別に。

「でも……」

「ご家族があったりどうしても移動できない仕事があったりしたら無理ですけど、鎌田さんの職場は西新宿ですし、二十三区内なら大丈夫ですよね。条件、クリアしています。状況、性格、人生終わった、もう後がない感じ。ぴったりだと思いますよ」

　まあちゃんはすごくいい笑顔で、にっこりと笑った。

　部屋に何もないので、することがない。とりあえず、起き上がって飯を食いに行くことにした。

　幸い、住むことになった物件は駅から徒歩五分の場所にある。さして利点のないアパートだが、立地はいい。

　駅前のチェーン系定食屋で飯を食った。ここのところ、ずっと牛丼屋か格安ファミレスでワンコイン未満の食事をしていたから、ちょっと気張って、七百八十円のホッケ定食を食った。

　節約しなければいけない状況は変わりない。けれど、これから一日五千円、月十五万の不労所得が入ってくるという事実が、おれをちょっと陽気にさせていた。つい、四百八十円の生ビールも頼んでしまう。

　しかし、飯を食って部屋に戻ると現実が待っていた。

　本当に、何もない、がらんとした部屋。一応、裸電球だけはついているので、そのつまみをひねって明かりをつけた。

「亡くなられたのは、七十八歳のお婆さんです。大庭《おおば》アキ、七十八です」

昼間、まあちゃんから聞かされた、この部屋の前の住人のプロフィールがふいっと頭の中に浮かんできた。

「大庭アキさんは戦後すぐ、この街に越してきました。若い頃は、銀座の会社で英文タイプや事務の仕事をしていらしたそうです」

「ちょっと待ってよ」

おれは思わず、彼女をさえぎった。

「説明を聞くっていうのはわかっているけど、そこまで詳細な経歴いる？　婆さんがその部屋で死んだ、でいいじゃないか」

「いえ。うちではその人の人生や死んだ状況もちゃんとお話しすることになっています。それでなくてはただの賃借人と変わらないじゃないですか。きちんと過去を知った上で向き合った人が住むことによって、ロンダリングは完成するのです」

「聞いてないよー」

おれはお笑い芸人みたいに叫んだ。

「じゃなきゃ、どうしてただ住んでもらうのに、月十五万も払いますか。ばかばかしい。あなたも覚悟を決めてもらわないと」

「影」になると決まってから、彼女の口調はより強くなっていた。考えてみれば、客から配下の部下になったわけだ。きつくなるのもしょうがないのかもしれない。

「どうします？　風呂なしキッチンなし、駅から徒歩十五分、木造築四十五年、月三万五千円のアパートで暮らしますか。それとも築二十年、八畳一間、風呂キッチンあり、駅から徒歩五分のアパートに入りますか。十五万もらって？」

「いやあ……」

「本来なら、あなたみたいな人にロンダリングなんてさせないんですよ。もっと根性の据わった、ぎりぎりに生きている人にしてもらうんです。これは、誰でもできることじゃないんです」

あれ、さっきと話が違うなあ。

「けど、今は人手が足りなくて、しょうがないからあなたみたいな人にも声をかけているんです。ロンダリングしたいって人はたくさんいるんですよ。売れないお笑い芸人とか舞台女優とか、それから」

「わかった、わかった」

「じゃあ、続けますよ。大庭アキさんは人生で一度も結婚されていません。生涯独身です。その理由はわかりませんが、男勝りに働いて、婚期を逃したのだろうと言われています。また、お元気な頃、一度ならず、かなり年上の男性が彼女のアパートを訪れているのを近所の住民に目撃されています。けれど、彼は必ず、夜は泊まらずに帰って行ったそうです。近所の人が『どうしてあの人と結婚しないの』とからかったら、他に家庭のある人だ、と説明しました」

耳の痛い話だ。

「それでもお元気な間は、お茶やお花、日本舞踊や三味線を習ったり、お着物で外出されることも多く、お友達もたくさんいたようです。ただ、数年前にアパートの階段で転んでからはリハビリもあまりかんばしくなく、ちょっと足を引きずるようになって、外出することがなくなりました。とてもおしゃれな人だったから、そういう姿を人に見せたくなかったんじゃないかと」

そこで、まあちゃんはおれをにらんだ。

「聞いてます?」

「ああ、聞いているよ」

聞いているけれども、正直、見も知らない婆《ばばあ》の、リハビリの話なんて興味もない。

「で、先日、部屋が臭っているという通報があって、警官と大家でドアを開けて、大庭さんが亡くなっているのを発見しました。死因は不明ですが、事件性はないということで、自然死として処理されました。気密性の高い部屋で、発見まで時間がかかったので、遺体の一部は白骨化していました」

「おれがその部屋に入る、と」

「そうです。よろしくお願いします」

　まあちゃんとの会話をほとんどすべて思い出しても、意外に部屋に生々しい感情は起こらなかった。部屋はきれいに掃除され、消毒され、彼女の痕跡《こんせき》を示すものはなかったから。

「いつもにこやかに愛想よく、でも深入りはせず、礼儀正しく、清潔で、目立たないように」

　ここまで送ってくれたまあちゃんは、おれに鍵を手渡しながら言った。

「何？」

「ロンダリングの心得です。それだけ守っていればなんとかなります。忘れないでください」

　いつもにこやかに愛想よく……心配はしていなかった。なぜならおれはこれまでもそんなふうに人生を送ってきたからだ。妻や娘にも深入りはしてこなかった。

　おれはビールの軽い酔いを感じながら、そのまま寝ることにした。幸い、上掛けなしでも、風邪をひいたりする季節でもない。ただ、畳が硬くて、これは明日、腰が痛くなると嫌だな、と思いながら。

　ふと、目が覚めた。

一瞬、どこにいるのかわからない。ぼんやりと裸電球の横の豆球が点いているのが見える。ああ、新しいアパートで寝ているんだ、と思い出した。

なんとなく豆球を見ていると、奇妙なことに気がついた。それが小さく揺れている。最初は気のせいか、目のせいかと思った。目を一度つぶって開く。やっぱり小刻みに震えている。戸締まりはしたはずだが、窓かどこかが開いているのかもしれない。面倒だし、そのまま寝てしまおう、と目をつぶった。けれど、寝付けない。また目を開けた。また、豆球を見る。やっぱり震えている。いや、それは目を閉じる前より、大きくなっているような気がする。豆球から目を離して、天井の方を見ると光の輪も揺れているのがはっきりと見える。

初めて、ぞっとした。ゆっくり昨夜の記憶を呼び戻す。玄関の鍵はかけた。ベランダ側の窓や、キッチンの横の窓は……最初から開けていない。たぶん、まあちゃんかなんかが、前にここに来た時に風を入れ替えるために開けて、忘れて帰ったのだろう。

いや、おれは寝る前に一応確かめたはずだ。近くまで寄って確認はしなかったが、ざっと見回してどこも開いてないと。

また、ぞぞぞ、っとした。豆球を見る。確かに揺れている。

おれは起き上がった。とにかく、窓を確認しようとして。

まず、ベランダ側の窓を見る。街灯の光が差し込んでいる。どこも開いているふうに見えない。

　そして、玄関の方を見た。

　息が止まりそうになった。

　そこには……玄関の前には、若い男が正座していた。

「つまり、玄関先に若い男がいた、と。誰だ、と声をかけたら何も言わずに消えてしまった、と」

　相変わらず、派手なネイルでパソコンを叩きながら、まあちゃんは面倒くさそうに復唱する。

　午前中会社を休んで、おれは相場不動産に飛び込んだ。

　報告しないわけにはいかなかった。一応、気になったこと困ったことがあったらなんでも相談してください、と言われていたから。

　何より、怖かったし。

「幽霊、ですかねえ」

　まあちゃんは眉間《みけん》にしわを寄せながら言った。

「幽霊だろう。声をかけたら消えたんだから」

　本当は、誰だ！　じゃなくて、とっさに「どなたさまですか」と妙に丁寧に尋ねてしまったのだが、それは置いておいて。

「うーん。幽霊かなあ。だって、大庭さんじゃないですよね。若い男で、お婆さんじゃなかったでしょ」

「あ」

おれはその時初めて、前住人が女だということに気がついた。あれを見てから彼女に指摘されるまでまったく忘れていた。

「幽霊じゃないんじゃないですかね」

「あの部屋でずっと前に男が死んでいる、とか」

「それはないです。大庭さんはあそこができたと同時に、新築の状態で入っていますから」

「じゃあ、別の部屋の幽霊がこっちに来たとか」

「どうして、その部屋に出ないで、鎌田さんの部屋に出張したんですか」

おれは黙った。ぱたぱたというパソコンを叩く音だけが響く。

「あのさ、人の話を聞くときぐらい、手を休めたら」

幽霊の出張理由がわからないあまり、八つ当たりした。

「あ、ごめんなさい。でも、今の話をメモしていたんで」

まあちゃんはノートパソコンをくるりとひっくり返して、おれに見せた。確かに、これまでの会話が記録されている。

「メモ魔なんです、あたし。それに社長にちゃんと報告しないといけないし」

「じゃあ、しょうがないけどさ」

彼女がいいかげんに自分の話を聞いていたのではないとわかって、ちょっと機嫌が直った。

「それに、これまでの記録を調べていたんです。あのアパートで、他に事故物件になった部屋はありません」

「じゃ、地縛霊《じばくれい》か」

「あの場所は戦前から畑だったんです。杉並区は結構、農地が残っているんですよ。江戸時代からずっとここいらは都会に野菜を供給する貴重な供給源だったし、税金対策にもなりますしね。大家さんの一族は代々農家をやっていた土地持ちなんですよ。先代が亡くなって、相続した今の大家さんが賃貸物件を建てたんです」

「じゃ、それよりもっと前の」

「白のシャツと黒っぽいズボンをはいてたんでしょ。最近の男性ですよね。少なくとも、明治以降の。だから、畑だったんだって」

「着物から着替えたのかも」

まあちゃんはため息をついた。「なんのために？」

「じゃあ、おれが見たものはなんだって言うんだよ」

彼女は答えなかった。

「……信じてないの？」

答えなし。

「見間違いかと思ってる？」

やっぱり、答えなし。

二人とも黙ってしまった。しばらくして、まあちゃんが大きくため息をつく。

「結局、あたしが信じるとか信じないとかじゃなくて、鎌田さんがどうしたいかなんですよね」

「おれが？」

「やめたいです？　ロンダリング」

おれは考えた。答えは出なかった。

「社長に話したら、たぶん、やめさせろって言うと思います」

「そうなの？」

「社長は慎重ですから。そういうことが一度でもあると、幽霊でなくても、なんらかの問題が引き起こされる原因になる可能性があるので」

「なんらかの問題……」

　実はここに来るまでは、ちょっとやめたいな、と思っていた。やめたい、とまでいかなくても、やめさせてもらう理由にはなるかな、と。けれど、彼女に事務的に処理されているうちに頭が冷静になってきた。

「ただ、最近、ちょっと景気が良くなってきたこともあって、ロンダリング希望者が減ってきていることも確かなんですよね」

　あれ、また、前と言っていることが違ってるなあ。

「条件はそろっていてもロンダリングできる人は限られているので、何人かにやっていただいて、適格者だけに続けてもらうんです。社長ならすぐやめさせるでしょうけど、あたしはそれにはちょっと違う意見も持っています。最初に多少問題があっても、慣れるまで続けてもらったら、思いがけない才能を開花させる人もいるんじゃないかと思う。あたしはもう少し、鎌田さんの適性を見極めたい」

　なんか、そう言われると、自分がすごい能力の持ち主の卵のような気がしてくる。

「もう少し、がんばってみませんか。やめることはいつでもできます。また、変なものが見えたら、あたしに電話してくれてもいいです。あと、あのあたりは二十四時間営業のコンビニやハンバーガーショップもありますよね。鎌田さんは男性だし、そういう時は部屋を出て、人のいる場所に行ってもいいんじゃないですか」

「なるほど」

助言を受けたのか、才能を認められたのか、まるめこまれたのか。

おれは自然に、「うん」とうなずいていた。


ひどい。

いつでも電話くださいねーと言っていた、あの女。まあちゃん。本当に電話したら、眠そうに一瞬出て「だから、幽霊じゃないって!」と言って乱暴に切りやがった。

おれは携帯を切った後、おそるおそる、玄関の方を見る。

ぼーっと白い光に包まれた、若い男が正座していた。顔の表情ははっきり見えない。というか怖くて目を合わせられない。

ただ、彼は髪をきれいになでつけていた。例えば、『サザエさん』のマスオさんと言ったらわかりやすいか。そして、昨日と同じ、白のシャツ、黒っぽいズボン、紺のネクタイ。

おれはゆっくり起き上がり、目をつぶってそいつの脇《わき》をすり抜けた。そして、振り返らずに、部屋の外に飛び出した。

深夜のファストフード店はぽつりぽつりとしか、人がいない。

腹はまったく減っていなかった。おれがシェイクを頼むと、「新商品のパイナップルシェイクはいかがですか」と若い女店員に笑顔で言われた。

なんかほっとした。人に話しかけられたことに。それで、普通のバニラシェイクより、五十円も高いそれを頼んでしまった。

トレイを持って、二階に上がる。

結構な広さのある場所だった。禁煙五十四席、と書いてある。端の方に五、六人の男子高校生の集団、真ん中に顔を寄せてひそひそ話している中年カップルがいた。おれは自然、高校生たちの反対側の端に座った。シェイクを飲むでもなく、ぼんやり見つめた。

高校生たちがどっと笑った。そちらに目をやって、ふっと思った。

あの部屋に出た、若い男はもしかして、高校生じゃないかと。

そうなれば、説明がつく。真面目な髪型と黒っぽいズボン。

しかし、しばらく考えて、やっぱり違う、と訂正する。シャツは学生が着ているようなシャツじゃなく、ネクタイも制服についているようなものじゃなかった。たぶん、社会人用のシャツとタイ。

こつこつ足音が聞こえて、下から若い女が上がってきた。きょろきょろと席を見回している。高校生たちが一瞬、静まり返り、その後、おおおーっというような声が響いた。

女がおびえた表情になる。

彼らの気持ちもわからないではない。彼女はピンクのフレアスカートに白いカーディガン、必要以上に華美ではないが、深夜のファストフード店には十分華やかだった。

女は意を決したようにおれの側に歩いてきて、通路ひとつはさんだ席に座った。トレイの上には、アイスコーヒーだけが載っていた。すぐにバッグからスマートフォンを出し、じっと見つめたり、細い指先で何かを打ったりしている。

高校生たちがこれ以上からんできたりしたら面倒だ、と見ると、もう自分たちだけで頭を突き合わせて何か話している。よく観察すれば、結構、幼い。まだ一年生なのかもしれない。体もあまり大きくなく、細い。制服の着方も乱れていない。集団で大きな声を出されるとちょっと怖いが、実際には地味な生徒たちなのかもしれない。何かあって、最終電車に乗り遅れたのだろう。

ちょっと安心して、もう一度、若い女に目を移す。彼女も終電に乗り遅れた口だろうか。

薄茶色いふんわりしたセミロング、鼻筋が通っていて、伏せたまつ毛が長い。スマホの画面を見ながら、時折、ため息をついている。

何度目かの大きなため息の後、ふっと顔を上げ目が合った。奥二重だが黒目がぬれたように大きく肌が美しい。おれは慌てて目をそらしたが、元に戻すと、彼女はまだこちらを見ていた。

　美人に見つめられて悪い気はしないが、居心地は悪かった。また目をそらしてしまう。

ゆっくりと目を戻すと、まだこちらを見ている。

「あの」

　彼女が口を開いた。おれは一応、後ろを振り返って、自分に話しかけているのを確認した。

「おれ？」

「そうです」

　鼻の頭に人差し指をのせて尋ねる。

　彼女は深くうなずく。

「なんですか」

「ちょっとそちらに座って、お話しさせてもらってもいいですか」

「おれ？」

　思わず、もう一度尋ねてしまった。

「そうです」

「いいけど」

　彼女は白いケリー風のミニバッグを持って、おれの前の席に移ってきた。

「こんなこと言うと、あやしいものだと思われそうですけど」

「今のままでも十分あやしいから大丈夫」

彼女はにっこりと笑った。クールな美女が微笑むと店中が明るくなるような気がした。悪くない。おかしな状況には違いないが、幽霊に部屋を追い出されたにしては、ましな流れだった。

「あの、私に手相を見せていただけないですか」

思わず黙ってしまった。

手相……頭の中に数々の詐欺の手口が横切る。一番の疑いはやっぱり、宗教の勧誘だろう。某有名新興宗教は手相を口実に壺《つぼ》やら水やらを売りつけたり、強引に団体に引き入れたりしたらしい。他に、これだけ美人なら、絵画やマンションの購入というのも考えられる。または、もっと古典的に美人局《つつもたせ》、とか。

半信半疑のおれに、美人は眉をひそめて言った。

「お疑いになるのはもっともだと思います。私だって、駅前でそんなふうに声をかけられたら逃げると思いますもん。だけど、本当に手相だけです。実は、私、〇〇に入社したばかりなんですけど」

彼女は中堅どころのビル管理会社の名前を言った。

「営業に回されて、今、研修中なんですね。面接の時に趣味は何かって聞かれたものだから、手相を見れます、って答えちゃって。実際、占いの類《たぐい》は嫌いじゃないんですけど。そしたら、この研修中に駅前で声をかけて、百人の手相を見て来いって。それまで会社に帰ってきたらいけないって。気がついたら、最終電車に乗り遅れて」

「で、今まで、何人見てきたの」

「……四十六人」

「何日で？」

「四日間です」

「しじゅうしちしだな」

「え？」

「いや、おれで四十七人。四十七士だな、と思って」

彼女は意味がわからないのか、顔を左にかたむける。

「どうでもいいや。それで、どうすればいいの」

これ以上、失うものなんて何もない。

「いいんですか？」

「おれも研修では理不尽な要求されたよ。自分の過去の罪をすべて告白しろ、とか」

嫌な思い出だ。

「ただ、手相を見たの、どうやって会社に証明するの？」

「手の写真を撮らせてもらえますか。あと、できたら、お名前と生年月日とお電話番号を教えていただけたら完璧《かんぺき》です。あ、個人情報はできたらでいいんです」

「わかった」

「じゃあ、手を見せてもらっていいですか」

おれはそれでも少しびびりながら両手を差し出した。指は内側に丸まっている。彼女はまずその右手を自分の手の上に載せ、優しく広げた。柔らかな感覚に包まれる。少しときめいた。

「お名前、お聞きしていいですか」

「鎌田勇気《ゆうき》」

「私は、栗木静香《くりきしずか》といいます。鎌田さん、ちょっとお疲れですね」

「まあね」

「というか、自分に自信を失っている状態？　自信がなくなるようなことがありましたか」

うっと詰まった。思わず、手をひっこめそうになるが、静香が優しく手を握ってきたのでできない。

「なんでわかるの」

彼女は微笑んだ。

「手の出し方でわかるんです。今うまくいっていたり、自分の人生に自信がある人は、大きく手のひらを広げてくるんですよ。ほら、こんなふうに」

自分の手をぱっと広げて、「私の手を見てって感じに」と言った。

「でも、鎌田さんはおずおずしてたでしょ」

「なるほどね」

「理由を言ってしまえばなんてことないですね」

しかし、おれは結構、彼女を信じてしまった。この子は本当に、見れる子、なのかもしれない。

彼女はそれから指で手のひらの各所を撫《な》でながら、「このあたりがふっくらしている人は健康なんです」とか、「肝臓が弱っています」などと説明してくれた。

「手相って、手のひらの線を見るんだと思ってたけど、それだけじゃないんだね」

「そうなんです、時には」

おれの手のひらをくるっとひっくり返す。

「こういう手の甲や爪まで見て、その人の状態を測るんです」

「知らなかったな」

「やっぱり、お疲れですね」

優しく手の甲を撫でてくれる。

「それでは、手相の方、見せていただきますね」

彼女がくるりと手を裏返す。ちょっと緊張した。

「生命線はこれです」

「どう？　長生きできそう？」

「長さは普通です。でも、生命線の大切なところは長さより太さ濃さなんです。はっきり刻まれているかどうか」

「で、おれはどう？」

「正直、ちょっと薄めですねえ。特に最後の方が切れ切れになっているから、晩年は病気がちかもしれません」

「そうか……」

まあ、歳とってからならしょうがないか。

「運命線も薄い……鎌田さんはまだ自分の人生を生きてないのかも」

思わず、うなずいてしまう。

「気になるのは、個別の線がどうこうというのではなく、全体に薄いことかもしれません。すべての線が薄くて、ぼんやりしている」

静香は手のひらを横に向けた。小指の根元を見る。

「でも、結婚線、すごく細かく刻まれてますねえ。女の出入りは激しい方ですか」

また、うなずく。

「財運線も小指の下に細かく短く何本も入っています。金遣いは荒いですね」

さらにうなずく。今度は、小刻みに何度も。

「そして、大切な人と別れ別れになりましたね」

「あ」小さく叫んでしまう。かりんだ。きっと。

「最近、何か、臨時収入がありました？　自分の仕事以外で、お金をもらえるようなこと」

「ああ」今度はうめいた。

「だけど、その仕事はあまり乗り気じゃない」

もう、うなずきもできなかった。

「あとですね……」彼女はおれの様子にも頓着《とんちゃく》せず、「幽霊とか見える方ですか？」

「え」

手を引っ込めてしまった。

「霊感とかが強い人に現れる、仏眼《ぶつがん》、仏の目というやつが親指に出ているので」

おれは自分の右手を左手で握って、おそるおそるそれを見た。

「それです、その関節のところ」

確かに、目のようにも見える。

「霊感、強いんですか」

「いや……これまでは一度も見たことがなかったんだけど、でも」

「でも?」

「でも……このところ、ちょっと怖いことがあって」

「へえ、どんなことですか」

この時の、静香の様子が、もし、暗くてぞっとしたような感じだったら、おれは話さなかっただろう。だけど、彼女は明るく、むしろ、怖い話を聞きたがる子供のように楽しそうだった。

それでもおれはしばし、迷った。

「いいじゃないですか」

彼女はまた目をきらきらさせながら言った。

「始発電車は四時四十三分。あと三時間以上あります。どうせ、することはないし、鎌田さんの話を聞かせてくださいよ」

それでおれは話してやった。

「へえ。そんな職業があるんですね」

ロンダリングのこと、幽霊のこと、おれは全部話してしまった。静香は何度も深くうなずいてくれた。

「おもしろいですね」

「そうか？」

おれは自分でも卑屈な表情だろうな、とわかる顔で笑った。

「おもしろいですよ。ロンダリングのこともおもしろいし、その幽霊さんのことも」

「簡単に言ってくれるよ」

「すみません」

静香が小さな舌を出して、おれたちはさらに関係が深まった気がした。

「その、幽霊さんですが、鎌田さんの方に思い当たることはないんですか」

「おれの方に？　おれが幽霊におどされるようなことをしてきたかってこと？」

「いいえ。単純に部屋の方に理由がないなら、鎌田さんの方かと」

「ないよ」

「誰か、知っている人に似ている、とか」

考えたこともなかった。

「そんなにちゃんと見てないし」

「でも、二日も続けて現れたんでしょ。ただ、ぼんやりそこに出てきたってわけじゃないような気がするんですよね」

「怖いこと言うなよ」

「どんな人か、少しずつでもいいから思い出してくださいよ」

おれはちょっと思い浮かべる。

「だから、白いシャツに黒っぽいズボン」

「真っ白なシャツでしたか。薄いストライプや淡い色が入っていませんでしたか」

「そんなの、どうでもよくないか」

「でも、ちょっと不思議だったんです。今どき、若いサラリーマンで真っ白なシャツを着ているのって、職業的な理由がないとめずらしくないですか」

おれは少し考えた。「わからないな」

「がんばって。ちょっと目を閉じてみてください。人は自分が思っている以上にいろいろなことを覚えているものです。記憶に集中するんです」

「よく知ってるな、そんなこと」

「心理学部卒なんです。さあ、ちょっと目を閉じて」

言われた通りやってみた。

「怖いと思いますが、意識を自分の部屋に戻してみましょう。さっきまでいた」

「嫌だな」

やっぱり気味悪い。

「大丈夫、私も一緒です。ずっとあなたの横にいます」

八畳の部屋を思い出した。おれはベランダに向いて立っている。部屋は暗い。

玄関に目を向けると、あいつがいた。

「……柄や色は入っていない、と思う」

「襟は？　ボタンダウンでしたか」

「いや、そうじゃない」

「ネクタイの柄は？」

「紺で斜めのストライプ」

「やっぱり、真面目ですね」

「ああ」

おれも、入社時から、そんな服装はほとんど一度もしたことがない。

「髪型は？」

「柔らかい感じだけど、後ろになでつけている」

「さらに真面目。私たちのような営業か、銀行ですかね」

「ああ」

そう言われて思い出した。

おれは就職活動の時、今勤めている中規模な広告代理店と、大手都銀と二つの内定をもらっていた。親たちはもちろん、都銀を熱心に勧めたが、社風になじめると思えなかった。何より、若いうちに地方や郊外の支店に回されて、地元の中小企業や商店主たちと付き合わなければならない、だから白シャツを着て髪を整えるのだ、と聞かされたのが決定打となった。それを先輩たちが嬉々《きき》として（誇りなのだろう）話しているのが、嫌でたまらなかった。

父親はわざわざ上京しておれに翻意をうながそうとした。勝手に銀行の内定を断ったと知ると、殴りかかってきた。

就職のことで争ったことが、今でも両親とのわだかまりとなっている。

それから、何かあるたびに「やっぱり、あの時○○銀行に行かなかったから」「○○銀行に行けば今頃は」と言われた。

「実は、就職活動で、今の会社の他にも銀行に内定をもらったんだ」

静香に説明した。

「へえ、優秀なんですね」

「まぐれだよ。それを断って、親とうまくいかなくなった」

桐子との結婚の時も、かりんが生まれた時も。

あそこに行っていればもっとましな嫁をもらえたのに、できちゃった婚なんて恥ずかしい。まだ堕胎できるのではないか、と母親までもがあからさまな電話をしてきた。それから親とはさらに疎遠になった。

しかし、そんなふうに選び、守ったはずの家族も失われようとしている。いったいなんなんだろう。

本当に、あの時、銀行に入っていれば人生変わっていたのか。

「ご両親が言った通りにしていたら、って思いますか、今でも」

「思わないよ、そんなこと」

おれはすぐに否定した。

「本当ですか？」

静香の声はそれまでで一番、きつかった。

「本当なら、どうして、こんなに手相が薄いんでしょう」

「あ」

思わず、うめいてしまった。

一番後悔していたのは、おれではないか。あの時、銀行を選んでいれば。あの時、桐子を部屋に入れていなければ。あの時避妊をしていれば。

確かに、おれはちゃんと生きていなかった。どこかにある、自分の人生をいつも追っていた。

おれの人生はなんだったのか。

ゆっくりと目を開けた。静香が微笑んだ。

「何か、わかりましたか」

「わかった」おれはうなずいた。なぜか確信を持って言い切った。

「あれは、おれ自身だ。おれがもしかしたら、選んでいたかもしれない人生」

そして、おれにはわかった。今、しなければならないことが。


「で？　その美人にいいようにやられて、人生を考え直した、と」

今日もまあちゃんは辛辣《しんらつ》だ。パソコンをぱたぱた叩いている。

おれは黙ったまま、微笑んだ。

「まあね、とにかく、家に戻るつもりだ。桐子に頭を下げて、土下座でもして、やり直してみようと思う」

「ふーん」

つまらなさそうなのは、美人がからんでいるからか、ロンダリングの人材を失ったからなのか。

「別にどっちでもいいんですけどね」

おれの気持ちを読んだように、彼女は鼻を鳴らした。

「前にも話した通り、ロンダリングは生半可な人間にはできません。だから、ある程度、失敗を前提に予定も予算も組んでいて、こちらの損失もそう大きくならないようにしています」

「とはいえ、どうもすみませんでした」

おれは深々と頭を下げた。

「急に神妙ですね」

「いや、本当に、申し訳ない」

「だから、どっちでもいいんです。ただ、ちょっとお願いがあるんですけど」

「何？」

「あたしにも、あなたの手相を見せてください」

おれは戸惑った。

「君も手相を見れるの？」

「ちゃんとした勉強をしたわけではありません。でも、女子は一度や二度は占ってもらったことがあるし、雑誌の付録なんかにもついてきますから基本的な知識は入っています。それに、あたしはネイリストの資格を持っているんです。ネイリストはお客さんとの話のネタに、手相の話をすることもあるんで、基本的なことは学ぶんですよ。実際、ネイリストから手相見になる人は少なくないんです」

「なるほどね」

それで、おれは手のひらを差し出した。まあちゃんはそれを乱暴に引き寄せて、じっと見つめる。

しばらく何も言わなかった。手に穴が開くほど見つめられた。

「何か、ある？」

「……その女性、鎌田さんの手相、薄いって言ったんですよね」

「ああ」

「変だな。薄くないです。濃い方ではないかもしれないけど、決して薄くないと思います。普通です」

「いや、でも」

「ほら、あたしの手を見てください」

まあちゃんは丸っこい手を差し出す。

「あたしのと、比べてみてください。そんなに変わらないでしょう」

おれは見比べた。確かに、大きさや形状は違うが、線の細さは変わらない。

「これで、薄いなんて言われたことないです」

まあちゃんはおれの顔をじっと見た。

「どうして、その女は、鎌田さんの手相を薄いと言ったんでしょう」

おれは手を引っ込めて、彼女に笑いかけた。

「もう、それはどちらでもいいんだ」

まあちゃんは小首をかしげる。

「どっちでもいい。あそこにいたのは、あの部屋にいたあいつはおれだよ。おれがたどらなかった、もう一つの人生。それがわかっただけでいい。おれはずっと後悔してきた。どうしてあの時、髪型なんてバカなことで、進路を決めてしまったのか。今の広告代理店が嫌なわけじゃない。そんな理由で決めたことが、おれの人生を迷わせていた。そして、ずっとその後悔や恨みを親に向けていた」

「ふーん」

「だけど、そんなおれの事情に、かりんの人生まで巻き込むことはできないんだ。とにかく、妻のところに行って謝る。それで、なんとか関係を修復できたら、両親のところにも行くつもり。かりんたちも連れて」

おれはまだ半信半疑の彼女に、「ありがとう」と感謝した。そして、ボストンバッグを持って外に出た。

そろそろ厳しくなり始めた初夏の日差しの中に、名前の通り、勇気を持って自分の身を飛び込ませた。

女が生活保護を受ける時

生活保護でも入れる物件を探しているんです。

そう言った時、自分の声が頭蓋骨《ずがいこつ》に響いたような気がしました。

実は、私はなかなかそれを言い出せなくて、高円寺の商店街の中をうろうろと歩き回っていました。不動産屋はたくさんあったのに、ずらりと若い男女の社員が並んでいるようなところは、キラキラしていて入れなかったのです。

やっと、街のはずれにある、相場不動産を見つけて中に入りました。入り口のところには「どんな部屋でもお探しします」という看板が揺れていて、昔からある駄菓子屋みたいでした。

店の中にいたのは私の苦手な若い女でしたが、彼女はころころ太ったぽちゃ子さんで親しみやすい感じだったので、ちょっと安心しました。

「ああ、それなら家賃の上限があるんですよねー、二十三区は単身者なら五万三千円ぐらいでしたっけ？　大丈夫です。該当の物件なら、うちにもいくつかありますよ。ちょっとお待ちくださいね～」

驚くほど気やすく彼女は言って、にっこり笑った。

そのとたん、気持ちがほどけました。ちゃんと扱ってもらえるんだ、怒られたり、変な目で見られたりしないんだ、ということがわかったからです。

ぽちゃ子さんは名刺もくれました。そこには「吉田正子《よしだまさこ》」と書かれていました。

「私、前にも一度、生活保護の方を担当したことがあるんですよ。だから、やり方はわかっています」

正子さんはそう言ってくれ、さらに私を安心させてくれました。そして、冷たい麦茶まで出してくれたのです。

私が「小石川君江《こいしかわきみえ》です」と自己紹介すると、すぐに「君江さん、君江さん」と名前で呼んできたのには、ちょっと閉口しましたが……娘と言ってもいいような若い女の子に名前で呼ばれるのは、くすぐったかったので。

それでも、彼女は明るく、いろいろと一人で話してくれるのでとてもありがたかったです。私は無口で人と話すのが下手です。これまでも、そのせいで就職や仕事も失敗ばかりでした。

ところが安心したのもつかの間、その後がなかなかうまくいきませんでした。

正子さんが持ってきてくれたいくつかの間取り図の中には、安い家賃でも、そこそこいいものがあり、私も安心しました。

けれど、彼女が大家さんに連絡し、「実は生活保護の方なんですよ」と小声で付け加えたとたん、断られてしまったのです。

「すみません」と彼女は体を小さくして謝りました。

「他にも物件はありますから、大丈夫です」

しかし、彼女が持ってきてくれた五件の物件は、ことごとく断られてしまいました。

彼女はさらに身を縮めて謝ってくれました。でも、見た目ではわからなくても、本当に小さくなっていたのは、私の方でした。どうしよう、ここで見つからなかったら、また、別の店に行かなければならない。そして、あのキラキラした店先で「生活保護を受けるんですけど」ともう一度言わなければならない。それを物件が見つかるまで続けなければならない。

ここの店を選んだのは、ぼろくて狭くて、他のお客さんは一人もいなかったからでした。これなら、他の人に生活保護のことを聞かれる心配もないと思ったのです。でも、きれいな店なら？　きっとたくさんいるお客の中で、私はじろじろ見られたり、大きな声で「生活保護の方あ、どちらですかあ」だとか呼ばれたりするんでしょう。

少しずつ体が冷たくなって、頭の中が真っ白になってしまいました。

最後の五件目がダメだった時、正子さんは大きくため息をつきました。

「なかなか見つからないですね」

彼女が困っている。嫌がっている。がっかりしている。

それは私のせいだ。私が生活保護なんか受けるための物件を探してほしいと頼んだから。

もうふらふらで、恥ずかしさでいっぱいでした。一刻も早くこの場から立ち去りたくて、十年以上使っている、ずだ袋のような布製のリュックを持って立ち上がろうとしました。

「しょうがありません」

その時、正子さんが意を決したように言いました。

「社長に頼むしかありません」

彼女は唇を嚙《か》みしめ、自分の手をぎゅっと握りしめました。そうするとまあるい彼女の手は赤ちゃんの手みたいに見えました。その握りこぶしが、彼女のため息はこちらに向けられたものではないのだ、ということを教えてくれました。

「社長なら、きっとすぐに物件を探してくれるはずです。本当はあたし、それがわかってたんです。でも、どうしても自分一人ですべてやりたかったんです……でも、こうなったらしょうがありません。あの人に頼るしか」

彼女にとってはひどく屈辱的なことのようでした。

「ふーん、お姉さん、生活保護受けるの。歳、いくつ？」

やってきた、相場社長と呼ばれる男は、六十代半ばに見えました。

気を遣ってくれた正子さんとは正反対に、ずけずけとなんでも聞く老人でした。

「四十四……です。五月に四十五になります」

「ふーん。でもさ、一見、体も悪くなさそうだし、どうしてまた、生活保護を受けることになっちゃったの？　なんか事情でもあるの？」

「社長」

隣にいる正子さんが彼の脇のあたりをつつきました。

「それは、人それぞれ、いろいろ事情がありますから」

「だから、その事情を聞いているの」

「でも、プライバシーが」

「若い人は二言目にはプライバシー、プライバシーって言うけど、プライバシーじゃ飯食えないんだから。プライバシーを飛び越えて、できたつながりとか、関係だからこそ、お互い面倒も見るし、迷惑を迷惑と感じないようになるんだよ。ご飯が食べられるようになるんだよ。賃借人は店子って言うだろ。同じ屋根の下に暮らすこともあるんだから、言うなれば、大家と店子は親子も同然ですよ。不動産屋はその間を取り持つの。だから、ちゃんと聞いておかなければ、向こうを説得もできない」

「でも」

「そういう関係がないから、まあちゃんが電話した大家にはことごとく断られたんだろうが」

正子だからまあちゃんって呼ばれているのか、とわかりました。けれど、怒られたまあちゃんは黙ってしまいました。

私の方は、相場社長に生活保護の理由を聞かれた時には、そんなことどうして聞かれなければならないのか、と心の中で反発していました。けれど、彼の話を聞いているうちに、そういうわだかまりが少しずつ解けていくのがわかりました。

私はずっと人とのつながりを断ってやってきました。だけど、ここで素直に自分をさらけだしたら、彼の言う通り、他人と関係を持てるようになるかもしれません。

それで、本当は「リストラされて」と言おうと思っていたのに、「実はうつ病になってしまって」と正直にその理由を明かしてしまいました。

「その前にもいろいろあったんでしょ」

相場社長は相変わらずずけずけと、でもいくぶんか優しく尋ねてくれました。

私が大学の卒業時は、あのバブルが崩れ、就職は土砂降り、と呼ばれるようになった頃でした。でも、次の年の「氷河期」に比べたらまだましでしたし、この不況がずっと続くとは世の中の人はあまり思っていないような、その深刻さに気がついていない時代でした。

私は東京都内の小さな女子大の英文科に在籍していました。就職活動時はこれまでの習慣通り、数年前に就職を果たした先輩たちを何人か会社訪問しましたが、皆、一様にのんびりとしていて、「うちなんて簡単に入れるからすべり止めにして、もっといいところ受けた方がいいよ」なんてことを言う人までいたぐらいでした。

会社訪問した場所もばらばらで、紙専門の問屋、お香の会社、スリッパの会社、ああそれから、本が好きだったから、書店や取次会社も。就職課にあった、先輩たちの就職体験のレポートをぱらぱらと見て、なんとなく気になったところに行きました。そんないい加減な気持ちでうまくいくわけもない、ということは今ならわかるのですが。

会社訪問さえすれば、企業は協定前に「内々定」をくれる、という話でした。そういう時代だったのです。それをもらった上で、私はのんびりと「もっといい会社」を探すつもりでした。

ところが、そこで私の最初のつまずきがあるのですが、待てど暮らせど会社側からの連絡が来なかったのです。

おかしいな、と思いました。しかし、結局、どの会社からも連絡がないまま、いわゆる就職協定の解禁日になりました。

私は馬鹿丁寧に、訪問をした会社にもう一度、エントリーし、面接日にのこのこ出かけて行きました。連絡がなかったのは、何かの事情があって、私がまた来たことがわかればすぐに決まると思っていたのです。

あるメーカーの面接日に私が見たのは、数百人はいるのではないか、というリクルートスーツを着た学生の群れでした。しかも、面接日は一日でなく、五日間用意されていましたから、千人以上の学生が受けていることは間違いないようでした。

面接の準備もろくにしてこなかった私は、その数だけで圧倒されてしまい、ほとんど、何も答えられないまま、終わりました。

帰り道、私は真実を悟りました。この就職活動というものは自分が思っていたような甘いものではないと。しかも、考えてみれば、私のように事前に会社訪問ですでに入社を決めた人員もいるに違いなく、あそこにいた、数百人、数千人の羊の群れのような学生たちは、それに選ばれなかった「カス」の束なのだ。自分も含めて。

あれだけ大掛かりの面接を行いながら、きっと受かるのは数人に違いない。だって、「カス」の前に、もうめぼしい学生は採っているだろうから。

それでも、私は一縷《いちる》の望みをつないでおりましたが、もちろん、二次面接の連絡は来ませんでした。

それから卒業までの約半年、卒業論文で死にそうになりながら、私は数々の会社を受けましたが、一つも内定をもらえずに終わりました。受けた会社は三十ほどでしょうか。当時は多い方でしたが、今では普通か少ない方かもしれませんね。

実際はもっと受けることもできたのですが、いくつもの会社を受けてなんの連絡も来ない、という生活に疲れてしまったのでした。

その時、また、後に大きく後悔することが起きました。

それまで、私の就職活動に大きな関心を持っているとは思えなかった両親が、介入してきたのです。

当時、私は千葉の実家に住んでおり、父親は地元の建設関係の仕事をしていました。バブル時代はとても羽振りが良かったのです。父親が知り合いの地元の代議士にかけあってくれ、就職先を探してきてくれたのでした。

どうも、近所の人に「君江ちゃんはどこに就職したの？」と聞かれた母親が、私がこのまま失敗続きだと「外聞が悪すぎる」と言って、父親の尻《しり》を叩いたようでした。

一見、子供想いの両親のように聞こえるかもしれませんが、そうではないのです。うちの親というのは、ただただ、自分たちの見栄や外面《そとづら》しか気にしていません。家の外では、わりに外見が良く愛想がいいので、うまくいっているようですが、家の中では不機嫌で他の人の悪口ばかり言っていました。それ以外は、けんかをするか、私を叱るのが日課でした。

彼らはその不機嫌さや怒りで私を支配していました。親が不機嫌になるのが怖いので、私はたいていのことなら親の言う通りに行動するのが常でした。子供の頃からそれが普通だったので、どこの親もそんなものだと思っていました。でも、違うのですね。それに気がついたのは、ずっと後のことになります。

実は、私が就職を決めた頃、というのは、先ほども言ったようにバブル崩壊の入り口でしたから企業の方もまだ手探り状態でした。だから、就職活動がいったん終わった二月や三月になって、人が足りない、ということに気づき、慌てて新しく募集をかけたり、大学側に問い合わせてきたり、ということが結構、あったのです。

結果論になりますが、もう少し、私が冷静に活動していれば、ちゃんと普通に就職できていたのかもしれません。

いや、やっぱり、そうはならなかったでしょう。一度、父親が動き出したら、私にそれを断ったり阻止したりすることはできませんでしたから。

とにかく、父親が持ってきた就職の話に、私は飛びついてしまいました。

それは、新橋にある、政府の外郭団体の事務員でした。というと、ちょっとよく聞こえるかもしれませんが、実情はアルバイトとほとんど変わりありません。三年間の契約で、保険や年金はありましたが、日給月給と呼ばれる、日給を月々まとめて月給のようにもらえる給料体系でした。

何より、これがのちに一番後悔した点ですが、それはコピーを取ったりお茶くみをしたりするだけの仕事で、なんのキャリアも築けませんでした。

三年しかない契約も、父親に「そのうちに結婚するだろう」と面倒くさそうに吐き捨てられれば、確かにそうかもしれないと思い、決めました。

そこで、私はとんでもない目に遭うことになったのでした。

その外郭団体に属する、某有名メーカーから出向していた、五十過ぎの部長からのひどいセクシャルハラスメントを受けたのでした。

なぜか、木曜の午後になると、部長は資料の探索を私に頼み、自分も資料室に入ってきます。そして、私の体を執拗《しつよう》に触りました。時には下着の中まで。私は木曜日になると、なぞの腹痛や頭痛が起こるようになりました。

もう詳細は、思い出したくもありません。二十年以上も前のことですし。ただ、最近になって思うのは、私がそんな目に遭ったのは、私が魅力的だったからではなく、地味でイケてない女だったからだろう、ということです。

というのは、社内には他にもっと美しかったり、かわいらしかったりする女性が何人もいました。でも、彼は、彼女らにはまったく目もくれず、私にだけ、卑劣ないたずらをくり返したのでした。

たぶん、私がブスでもっさりしていたから、手が出しやすく、そのくらいしてもいい、と思われたのでしょう。他の女性たちには、ろくに口も利けないような男でしたから。そして、たぶん、本社に戻っても、彼はそんなことはしなかったでしょう。

相手が私で、舞台があの会社だったから起こったのです。世の中はすべて、力関係です。男女も変わりありません。

私は周囲の女性たちにも言えず、かといって上司にも言えなくて（その外郭団体とメーカーには明確な力関係があり、こちらからは抗議できないような状態でした）、結局、思い切って両親に打ち明けました。

会社でセクハラを受けている。できたら、それを紹介してくれた代議士に訴えてくれないか、でなければ、退職したい、と。

部長の行状を説明していると、私の目からぽろぽろと涙が出てきました。ほんの少し、その涙で私は救われました。親の前で泣いて、やっと解放されたのです。

その時の自分を思うと、笑ってしまいます。まだ、親たちを信じていたんですね。同時に、せつなくもなってしまいます。他に誰も頼れなかった自分に。

私の話を聞いた両親は、ずっと黙っていました。よく我慢したね、というねぎらいの言葉や、なんてひどい男なんだ、という憤りの言葉は、一切出てきませんでした。泣きながら顔を上げると、父親は煙草を吸ったまま、仏頂面で貧乏ゆすりをしていました。

母親は、困ったようににやにや笑っていました。

私はもう一度、「会社をやめたいんだけど」と言いました。

すると、母親が父親の顔色をうかがいながら、驚くべき一言を言いました。

「嘘でしょう」

私は驚いて、母親を見つめました。でも、彼女は目をそらしました。

「あんたの思い込みなんじゃないの。あんたみたいなまだ子供みたいな娘、先生が紹介してくださるようないい会社の方が相手にするわけないじゃないの」

すると、父親がやっと口を開き、「みっともない」と吐き出すように言いました。

さらにびっくりしました。その言葉は私を責めているようでしたから。

そして、重ねて「やめるなんてみっともない。先生にあれほどお願いして入ったのだから、申し訳ない。我慢しなさい」と言い足しました。さらにセクハラされた側が一番傷つく常套句《じょうとうく》、「お前にも隙があったんだろう」という言葉を吐きました。

にやにやしていた母親は、何事もなかったかのように台所に行ってしまいました。私は、彼女を追うように台所に入りました。少しでも弁解して、起こったことが嘘なんかじゃないとわかってもらいたかったのです。

彼女は、お米を研いでいました。

「お母さん」

私はまだ涙声で、話しかけました。

彼女はこちらも見ず、顔も上げずに「気持ち悪いから、そんなこと聞かせないで」とつぶやきました。

これはさらに心に突き刺さり、私を汚《けが》しました。

思えば、昔から、母親は私が女性として成長するのを嫌っていました。生理が始まればお祝いどころか「これから苦労するよ」と言いました。近所の男の子からラブレターをもらった時は引きちぎり、男がどれだけ私を傷つけるかくどくどと話しました。男性と付き合うなんてもってのほか、私は実家を出るまで、彼氏ができたことがありません。

とにかく、この時、私は両親が私のことより、自分たちの世間体や面倒くささを優先していること、母親が私の性を嫌悪していることに気がつきました。

それで、やっと家を出ることを決意したのです。

家はほとんど夜逃げのように出てきました。何事にも私を支配したがる二人（つまり両親）がすんなり出してくれるとは思わなかったからです。

高円寺駅の近くに小さなアパートを借り、派遣会社に登録してさまざまな会社を転々としました。その頃は特に資格もない私でも、派遣なら雇ってくれる会社は途切れずにあったのです。

何度か、男性とも付き合いましたが、結婚までには至りませんでした。三十五を超えた頃から、派遣先ががたっと減りました。年齢制限が明示されているわけではないのですが、申し込むと断られるのです。派遣会社から電話がかかることもなくなりました。

それでハローワークに通って正社員の事務職を探したのですが、何社受けても採用されず、アルバイト程度の仕事をしてなんとか食いつないできました。

そして、四十少し前に、親戚を通じて、両親が私を探している、という噂を聞きました。

親戚というのは私の従姉《いとこ》で、唯一連絡先を教えていた相手でした。彼女が言うには、彼らはずっと私が「ハーバード大出の医学者と結婚してアメリカで暮らしている」という嘘を親戚や近所に言いふらしていたのですが、最近、父親が家でつまずいて足の骨を折り、介護が必要になったそうです。それで、やっと私と一番親しかった彼女にだけ連絡を取って、どうにか探して実家に帰ってくるように言ってほしいと頼んできたのです。

私はかなり迷いましたが、結局、家に帰りました。昔のわだかまりがあったとはいえ、やはり実の父と母です。また、年齢を重ねて、こちらも向こうも折り合えるところがあるのではないか、と期待していました。

しかし、結果は惨憺《さんたん》たるものでした。

以前に輪をかけて、気難しい老人になっていました。体の自由が利かないためかもしれませんが、二人とも一日中私を怒鳴り続け、責め続けていました。

これまで育ててやったのに、大学も行かせてやったのに、就職も世話してやったのに、何一つ、親孝行せずに家を出て行った娘。ぐずでバカでのろまで気の利かない、オールドミスの娘。お前が独身でしょうがないから、うちに置いてやっているんだ。ありがたく思え。

ののしる理由はいくらでもありました。

私はだんだん自分から感情や表情が失われていくのを感じました。親たちに何を言われても、何も感じないのです。

そして、ある夏の暑い日でした。夕方、父親の介護用おむつを山のように抱えて帰ってくるところを（家には昔は自転車があったのですが、私がいない間に壊れてしまって、新しいのを買ってもらえなかったのです）、向かいに住む関谷《せきや》さんのおばさんに声をかけられました。

「君江ちゃん、こっちに帰っているんだって？」

その人は、私の同級生のお母さんでもありました。柔和で優しい人でした。

「偉いわねえ。お父さんもお母さんもお喜びでしょう」

おっとりと言う、その笑顔に誘われて、私も何日かぶりで微笑みました。

「お父さんのお世話大変よね。おばさんにもできることがあったら言ってね。ああ、買い物なら、うちの軽自動車でショッピングモールに行く時に声をかけるから、君江ちゃんも乗って行ったら？　重いものやかさ張るものは、少しは楽でしょう」

久しぶりに思いやりのある言葉をかけてもらって、私は泣きそうになってしまいました。

ね、そうしなさいよ、来週にでも声をかけるから。彼女はそう言って、携帯電話の番号を交換してくれました。

実家に戻って、汗だくでおむつの束を納戸に片付けながら、そのことをつい、両親に話しました。お向かいの関谷さんが優しく声をかけてくれたこと、買い物に誘ってくれたこと。人間的な対応が、あまりにも嬉しかったものですから。

すると、両親は口をひん曲げ、表情を険しくして、顔を見合わせました。

「……そんな憐《あわ》れみを、うちは絶対に受けない！」

父親が唾を飛ばしながら怒鳴りました。

「違うって。関谷さんは親切で」

「見下してんだ。自分たちがまだ健康だからって、うちを見下して。昔は、たかが工場勤めの労働者階級だったのに、いつからそんな偉そうに。うちと同等になったと思いあがってるのか！」

呆《あき》れてしまって、私は声も出ませんでした。関谷さんのおじさんは確かにメーカーの工場勤めでしたが、最後には工場長にもなった立派な人です。たとえ、小さな工場だとしても、こんなつまらない職業蔑《べっ》視をする両親が信じられませんでした。

「それにしても、軽自動車のくせによくもまあ、恥ずかしげもなく、誘ってきたものねえ。うちがクラウンに乗ってた時は悔しそうににらみつけてきたのに。こっちが廃車にしたとたん、軽自動車を自慢してくるなんて」

母親も参戦してきました。

私は黙って二人の声を聞き、自分がまたどんどん無表情になっていくのを感じていました。

間違っている、この人たちはやっぱり間違っている。

私はずっと自分を責めてきた。親を愛せない自分。大切にしなければならない人を尊敬できない自分。ずっと負い目に思ってきた。彼らを少しでも好きになろうと努力してきた。

だけど、やっぱり、この人たちは間違っている。人間として、あまりにも低俗で、最低だ。

神様。

たとえ、最低の人間でも、私はこの人たちを背負わなければならないのですか。

神様。

私は親を捨ててはいけませんか。

いえ、神様。

私はあなたが何と言おうと、たとえ、地獄に落ちようと、この人たちとは一緒にやっていけません。

それがダメだと言うなら、神様。

どうぞ、私を無間《むげん》地獄でも火の海にでも落としてくださいませ。

むしろ、それを願います。その代わり、私は今生《こんじょう》の命を生きて行きます。神様。

それからというもの、私はただ一つを狙《ねら》っていました。家を出るタイミングです。

そして、父親のリハビリが終わり、一人で歩けるようになると同時に、私はまた、家を出ました。今度もまた、夜逃げのような形でした。

ただ、前と違うのは、もう二度と帰ってこない、たとえ何があってもこの家の敷居はまたがない、という覚悟を決めたことでした。

また、ほとんど着の身着のままで逃げてきて、友達の家に世話になりながらなんとか、アパートを借りて一人暮らしを始めました。前の一人暮らし生活でためたわずか三十万ほどの貯金を親に渡さずに持っていたことが助けとなりました。しかし、やっと一人になり、アルバイトも決まったとたん、私は心身の調子を崩したのです。

うつ病の症状は人それぞれだと言いますが、私は最初、目の前が薄暗く、すべてがシャドーがかって見えることに気づきました。

もしかして、蛍光灯が切れそうなのかしら、と思いました。それで新しいものに替えたのですが、まったく改善しません。

それで、自分の目が悪くなったのかもしれない、と思うようになりました。早いですが、老眼か白内障になったのかもしれない、と。

けれど、そう勘違いしたおかげで病院に行くことができたのです。わりに大きい総合病院で目にはなんの異常もないと言われた後、さんざんたらいまわしにされて、最後に心療内科で「うつ病」だと診断されました。

早期から治療できたことはありがたいと思わないといけないかもしれません。けれど、薬を飲むようになっても目の前の暗さは改善されず、それどころか、睡眠障害や食欲不振など、さまざまな症状がそれからどっと出てきて、アルバイトにも行けなくなってしまったのです。

なぜ、やっと親の家から出られたのに、そのようなことになってしまったのか、私は時々、考えます。

考えてもしょうのないことですけど。

一つには、やはり、罪の意識かな、と思います。親を捨ててしまった。体の不自由な老いた両親を見捨ててしまったという罪悪感はどうしても消えないものでした。

それから、将来に対する漠然とした不安、というのもあるでしょう。前に家を出てきた時はまだ若かったですし、結婚の可能性もありました。そして、何より、心のどこかに、なんだかんだ言っても「親元に帰る」という選択肢が残されていました。

甘えがあったんですね。

でも、今はもう帰るところはありません。

その不安と罪悪感が私をむしばんで行ったのでしょう。

貯金もない、仕事もない、そして、病気。

もう、ハローワークで仕事を探すこともむずかしくなり、そのことを正直に区の担当者に話したら、まずは行政の家賃貸付制度、それも返せる見込みがなくなると生活保護を勧められました。

最初、生活保護には大きな抵抗がありました。私のような一見、健康に見える人間がそれを受けていいのか、という迷いです。それから、周りの人に知られたら、迫害されるかもしれないし、友達なんかに知られたらもう元の関係に戻れないかもしれないという恐れもありました。そして、何より、私を押しとどめたのは、生活保護を受けるための手続きの過程で、役所から両親に連絡される、という噂でした。

形式的なこととはいえ、生活保護を受けるに当たって、親族に援助ができないか確認する、という規定があるようなのです。それをされたら親に居場所が知られてしまう。もしかしたら、いや、きっと親は私を引き取ると言い出すだろう、そして、あの家に帰らなくてはならないのだ。

それで私はかたくなに、断りました。けれど、本当に蓄えも仕事もなくなった時、区の担当さんに思い切って両親のことを話してみました。

すると、彼女は簡単に「じゃあ、連絡しなくてもいいですよ」と言ってくれたのです。最近では、ＤＶやさまざまな事情で親や元夫などから逃げてきた人も多く、扶養照会を拒むことができるケースもある、とのことでした。

それでついに、私は生活保護を受ける決心をしたのです。

というようなことを、社長とまあちゃんの上手な質問で、私はなんとかぽつぽつと説明することができたのでした。

「……あんた、頭のいい人だね」

聞き終わって、社長の第一声がそれでした。

「いえ、そんな」

「いや、かなりちゃんとした人だ。こんな状況でも、いままでのことをちゃんと答えられるんだから」

「それは」

メモを取っていたからです。私はメモ魔で記録大好き人間で、日記やさまざまなノートにこつこつ何かを書くのが無上の喜びなのです。体の調子を崩しても、それだけは続けておりました。実は社長とまあちゃんの質問にはその手帳を見ながら答えていました。ハローワークや区役所の人との打ち合わせ、医者との会話や診断、すべてメモにしてあります。

それでメモをそのまま社長に見せました。彼はしばらくそれを読んでいました。

「これだけのちゃんとした記録が取れる人、文章が書ける人が、このままで終わるわけはないよ」

きっぱりと言い切ってくれました。そして、「どう思う?」とかたわらのまあちゃんに尋ねました。

「いいと思います」

何がいいのか、その時の私にはわかりませんでした。

「あんた、どうしても生活保護を受けたいの？」

「え」

驚きました。区役所でも、ハローワークでもそんな質問をされたことはありませんでしたから。

「生活保護のことはどう思う？」

「どうって」

「受けたいの？」

「受けたいというよりは、必要だと思います」

「そうだね。ここまでくるのは大変だったと思う。ハローワーク通って、家賃補助受けて、病院通って……生活保護を受けるって決めてからもたくさんの書類を用意したり、役所の人に説明したり……何より、自分を納得させるのに時間がかかっただろ？」

「はい」

「よくやったよ。がんばったよ」

ほろりと涙が出そうになってしまいました。生活保護のことでこんなふうに誰かに慰められるなんて思ってもみなかったからです。だいたい、このことは誰にも話せませんでした。

「だから、このまま生活保護を受けたいと言うなら、俺は止めない。だけど、世の中にはさ、いろんな仕事があるわけさ」

「仕事？」

私はきょとんとしてしまいました。家を探しに来たのに、こんなところで仕事を紹介されるとは思わなかったのです。

「仕事したくない？」

「いいえ」

私は大きく首を振りました。生活保護とは言ってもアルバイトはできます。アルバイトのお金では足りない分を保護で補うことが可能だと担当者からも聞いていて、体がもう少しよくなればすぐにでも働きたいと思っていました。

「じゃあ、仕事してみない？」

「でも……まだ体が」

「ただ、家にいるだけの仕事でも？」

ただ、家で寝ているだけで仕事になるなんて。

正直、最初の数日間は落ち着きませんでした。

家の場所は高円寺の駅から徒歩五分、築二十年、八畳一間、風呂キッチン付きの、こぎれいなアパートです。

大庭アキさんというお婆さんが亡くなったそうでした。

「ただ、ちいっと他の事故物件と違うことがある。あんたの前にロンダリングのために入った男が、若い男の亡霊のようなものを見たって言うんだ。それで、そいつはロンダリングをやめて出て行ってしまった」

「まあ、それだけが原因ではないんですけどね」

まあちゃんが横から口を挟みました。

「そういう部屋だからちょっと心配ではあるんだけど、そういうものを見るか見ないか、というのはひとえにその人の特性にかかわってくるものだし、合わなかったら合わない、と言ってくれればいいんだからね」

「何かあったらすぐに連絡くださいよ。別の部屋を紹介しますから」

くどいほどに二人は念を押しましたが、今のところ、まったくその気配はありません。

こうやって家にいるだけで、日給が五千円もらえる。コンビニで働いたら、一時間千円の時給だとしても五時間分です。

引っ越し代も出してくれ、手伝いまでしてくれました。

夢のような話で、何か裏があるのでは、とまで思ってしまいます。例えばコナン・ドイルの「赤毛連盟」みたいに、私を今住んでいる場所から遠ざけたいとか。

いや、そんなことをしなくても最初から引っ越しは決まっていたのだから。

それとも何か大きな詐欺に巻き込まれていたりして。けれど、私のような人間から取れるものは何もありません。

区役所の担当さんに話したところ、そういう話ならぜひお受けしたら、と賛成してくれました。それでも、ロンダリングが合わなかったら？　と心配する私に、そうしたらすぐに生活保護に切り替えられるように書類はそのまま置いておくから、と請け合ってくれました。

実は、引っ越しして初めの二、三日、具合が悪い日が続きました。

環境が一気に変わったのと、相場社長にこれまでのことを話したことによって、フラッシュバックが起きたのです。それに気がついた社長は「申し訳なかった」と謝って、しばらくまあちゃんを家に寄越《よこ》してくれました。

その後も、まあちゃんと相場社長は、毎日のようにどちらかが訪ねて来てくれました。お弁当を持って来てくれたり、ただ、お茶を飲むためだけに寄ってくれたり。私の具合がよさそうな時には、外に出てお昼をご馳走してくれることもありました。

一度など、夕方訪れたまあちゃんと、夕食がてら近所の居酒屋に飲みに行きました。彼女が誘ってくれたんです。

同性の友達とお酒を飲むなんて、何年ぶりでしょう（もちろん、異性もないですけど）。三十を過ぎたら同世代の友人は皆結婚して子供ができたりしたので、夜、出かけることはありませんでした。それに、病院で薬をもらうようになってからはお酒も飲めませんでした。それも、少しずつ減らすことができていました。

お酒を注文する私を見て、「薬、もういいんですか」とまあちゃんが尋ねました。

「ええ。先生が様子を見ながら減らしていきましょうって」

私は一杯だけ、カルーアミルクを飲みました。学生の頃、初めて飲んだお酒です。いきなりたくさん飲むのは怖いので、あとはソフトドリンクにしました。

店では、まあちゃんが仕事の愚痴を言い、私は聞き役になってうなずいていました。ちょっと驚きました。彼らはうまくやっているように見えましたから。

でも、どんな職場でも不満ってあるんですね。

「できた人ですよ、社長は」

私が相場社長はいい人そうに見えるが、とおずおずとかばうと、まあちゃんはきれいにネイルされた爪でピスタチオの殻をむきながら同意しました。

「でも、ちょっと古いって言うか、仕事のやり方が……せこい？　ところがあるんだよねえ」

「そうなんですか」

「小さな仕事ばかりをこつこつ集めてさ。そういうのが大きな取引につながるんだって、あの人は言うけど、つながったためしがない」

彼女は小鼻をふくらませて言いました。

小さな仕事とは、私のようなことを言うのではないかと、ちょっと肩身が狭かったです。

「とはいえ、大家さんからの信頼やロンダリングのことに関しては天下一品だから、かなわないんだけどね」

口ではいろいろ言っても、社長を尊敬しているのは確かなようでした。

「駅前のルノアールでアルバイトしているところを、相場社長にスカウトされたんです」

杯が進むごとに、まあちゃんはこれまでの人生を語り出しました。

「高校卒業して、一人で秋田から東京に出てきて」

「偉いねえ」

私は心から言いました。

「君江さんだって一人で生きてきたんでしょ」

「でも、私はいい歳になるまで、千葉の両親のところにいたから。高校出てすぐから一人で生きてきたあなたにはかなわない」

まあちゃんはちょっと嬉しそうに笑いました。

「あの頃が一番つらかった。昼間はルノアールで、それだけじゃ食べられないから、夜はカラオケ屋で働いて。それでも食べられない時は早朝だけお弁当屋にも勤めたりして、二重三重ワークが当たり前だった」

「それは体力的にも大変ね」

「あの頃のことはあんまり忙しすぎて、よく覚えていないんです。つらいことしかなくて。ついに水商売にスカウトされて」

私の視線に気がついたのでしょう。彼女は自嘲《じちょう》気味に笑いました。

「ほら、あたしみたいな女が好きな男の店ですよ。デブ専の」

私はうまくあいづちが打てませんでした。

「そこを、ルノアールの常連だった社長に拾ってもらったんです。仕事を教えてもらって、宅建の勉強もさせてもらって」

「社長さまさまなわけですね」

「最近、いろいろ考えてしまうんです」

まあちゃんはきれいな爪を見つめました。

優れていて、すべてを与えてくれた、尊敬できる人。

でも、尊敬しているからこそ、ずっとかなわない相手の近くにいるのが、彼女にとって少しつらいことなのではないか、とふと、そんなことを私は思いました。

「君江さんって、やっぱり、不思議な人ですよね」

いつの間にか、まあちゃんがとろんとした目で私を見つめていました。

「不思議？」

「頭が良くて、ちゃんとしていて、でも、生活保護」

「あ」

思わず、下を向いてしまいました。

「ごめんなさい。そういうつもりで言ったんじゃないんです。あたし、前も言ったみたいに、一度、別の生活保護の人の部屋を探したことがあるんです。その人はおじいさんだったんですけど、書類を作ったり、部屋を探したりするのも困難で、民生委員さんとお店まで一緒に来て、何から何まですべてその人にやってもらってた」

「そういう人もいるんですね」

「だけど、君江さんはちゃんと自分で身の回りのこともできるし、書類も書けるし、いろんな記録もきちんと取ってあって、すごいと思いました。だから、ロンダリングも勧めたんだけど」

「ありがとうございます」

「不思議というのは、なんというか、あたしの方の気持ちで……うまく言えないのだけど、君江さんを見ていると、なんだか元気が出てくるんです」

「そう。一人で生きていて、そして、どうにもならなかったら、生活保護を受けてもいいんだ。そういう道もあるんだ。そして、また働けるようになったら、また、元に戻ればいいんだって」

「元気？」

私はちょっと彼女の言うことがわからなくて、首をかしげました。

「変なことを言ってますかね？　でも、本当の気持ちです。決して、揶揄《やゆ》したりしているんじゃないですよ。文字通り、救済策として生活保護という道もあるんだって、君江さんが気づかせてくれた。なんだか、また、一人で生きて行こうって、勇気がわいてきました」

まあちゃんは本心で、私から何かを得て、そして、何かを考えているようでした。彼女の中に大きな変化が動き出しているのを感じました。自分の生き方が誰かに影響しているなんて、初めての経験でした。

でも、その動きが、決して、彼女を不幸に導かないことを、私は祈りました。

ロンダリングの一か月の期限が迫ってきたある日、外に連れ出してくれた社長に、私は聞きました。

「この仕事、いつまで続けられるんでしょう」

「ん？」

社長はいぶかしげにこちらを見ました。

「あ、すみません。そろそろ一か月になるし、次の部屋は紹介してもらえるのかな、と思って」

「はははははは」

相場社長は大きなお腹《なか》をゆすりながら笑いました。

「こりゃいいや。うちの店に来た時にはすべてが終わったような顔をしていたあんたが、次の仕事の心配をするなんて」

「へへへへ」

私も笑いました。もしかしたら、彼の前で笑うのは初めてだったかもしれません。

「もちろん、あんたさえよければ、次のロンダリングの仕事を紹介しますよ」

「本当ですか。ありがとうございます」

「で、どうだったの？　怖いこととかなかった？　この仕事、あんたに向いていると思った？」

「はい」私はうなずきました。「怖いことも一度もなかったし、ほとんど前の人のことは忘れていました」

「あんたには合っているんだよ」

「そうでしょうか」

私は顔が赤くなるほど嬉しかったのです。

「実は」

「何」

「薬、完全にやめることになったんです。病院の先生にも良くなっている、と言われて」

「薬ってうつ病の？」

「はい」

「そりゃあ良かった。だけど、無理は禁物だからね」

でも、そんなに合っているなら今度は少しハードな部屋をお願いするかもな。相場社長は嬉しげに言って、私もそのつもりでした。

ところが、思いがけない理由で私はロンダリングをやめることになったのです。

きっかけは、ハローワークから携帯にかかってきた一本の電話でした。

「小石川さん？　今、どこかに勤めていらっしゃる!?」

ハローワークの担当さんはちょっと興奮気味で息を切らしていました。

「……勤めている、というか……」

「あなたにぴったりの仕事があるのよ！　念願の事務仕事の正社員なの」

聞けば、ハローワークの方ではなく、担当さん個人の知り合いから、とても急いで人が欲しい企業があるんだけど、という問い合わせがきたそうでした。

簡単な事務で、あまり人には触れ合わなくてもいい仕事。好きな時に休んでもいいから、できたら無口で真面目な人がいい。また、若い人ではなく、落ち着いた年配の中年女性が良くて……。

並べられる条件があまりにも私に一致していて、驚きました。

「とても急いで探しているのと、条件がいいからハローワークを通してしまうとたくさんの応募者が来て手間がかかるから、なんとか、知り合いから紹介してくれないか、ということなの」

「どうして中年女がいいんでしょう」

「なんでも、前に勤めていた若い女性が、恋愛関係の厄介《やっかい》ごとを起こして、もうそういう人は嫌なんですって」

「厄介ごと……そういう、セクハラが起きやすい雰囲気の職場なんでしょうか」

「いいえ。関係者はすべて処分したらしいから、もう大丈夫だって」

「そうですか……」

「月給は二十万以上を保証するそうよ。ただ一つお願いしたいことがあって」

「え」

なんだか、不安になりました。

「いいえ、大丈夫。むしろいい話だから。豊島区の方に会社の寮があるので入ってもらいたいらしい。家賃はいらないの。そこは会社の社長の持ち物で、空き室にしておくと傷むから誰かに住んでほしいんですって、それからね……」

夢のような話に、私はいい意味で、頭がぼーっとしてくるのを感じました。

あわただしく寮への引っ越しが終わった後、私は相場不動産にもう一度伺いました。

「社長やまあちゃんには本当にお世話になったのに、また、急にこういうことになって……」

私は深々と頭を下げました。

「いやいや」

社長は手を顔の前で左右に振り、決して怒ったりはしていませんでしたが、ちょっと疲れているようでした。

「結果的によかったじゃないか。なんといっても、あんたが元気になって、ちゃんとした仕事が見つかるのが一番なんだから」

ハローワークから連絡があった時、迷う私に「とにかく話だけでも聞いて来い」とお尻を叩いてくれたのは、社長自身なのでした。

「今度の職場はどんな感じなんですか」

まあちゃんがお茶を出してくれながら、尋ねました。

「いろは倉庫っていう、倉庫の管理をしている会社なんですが、事務所の一室で、帳簿の整理をしたり、パソコンの入力をしたり……簡単な事務仕事です。昼間は私一人だけで、朝と夕方だけ、社長や他の社員が来るので、その時はお茶を淹《い》れますが、あまり人に気を遣わなくてもいいのが本当に気楽で」

「その会社の寮というのは？」

職業柄、気になるのか、相場社長が身を乗り出すようにして聞きました。

「事務所から徒歩十五分ぐらいの雑居ビルの一室です。自転車で通っているので、五分もかかりませんよ」

「そりゃあ、よかった」

「顔色もずいぶんいいですね」

「おかげさまで」

うつ病もすっかりよくなって、今は経過観察で病院に行くだけです。薬も飲んでいません。

「……結局、何よりの薬は、家賃の心配がなくなって収入が安定したことだったのかもしれません」

私はつぶやくように言いました。

「なんだって？」

「病気が治ったのは、ロンダリングのおかげです。それで普通の仕事ができるようになったようなものだと思います」

「はははっは」

社長はまた豪快に笑いました。

「ロンダリングがうつ病の薬か。そりゃ、いいや」

「本当ですよ。怖いのは幽霊よりも、東京の家賃です」

私がそう言うと、相場社長とまあちゃんは顔を見合わせて、さらに大声で笑いました。

地方出身単身女子の人生

桜田雅代《さくらだまさよ》（二十七歳・仮名）は商業高校卒業後、故郷の秋田市で一年間（※1）、アルバイトなどをして働いていた（※2）。翌年の五月、両親を説得して上京。高円寺の中学時代の友人の部屋に居候し（※3）、アルバイトを始めた。最初は駅前のチェーン系喫茶店（カフェではない）。しかし、それだけではなかなか貯金はできず、友達の家を出ることができない（※4）ため、近所のカラオケボックスでも夜七時から十二時まで働いた。さらに、早朝は四時から喫茶店のバイトが始まる九時まで弁当屋で働きだした。それで、なんとか二十万の貯金をし、友人の家を出て一人暮らしを始めた。当時の家賃は六万四千円。三つのバイトはやめることができなかった。

しかし、三か月後、弁当屋の仕事をやめる。理由は、社員の理不尽ないじめだった。支店を取り仕切る社員は当時二十六歳の男だったが、雅代が出勤すると「デブが来ると温度が上がる」と耳元でため息をついたり（息が臭かった）、時折失敗すると「高卒はこんなこともできないのか」と言われたりした。また、逆に丁寧に仕事をしても褒められることはなく、仕事が遅いと文句を言われた。彼女がやめたい、と言ったら、文字通り白目をむき出して「高卒は責任感がない」と怒鳴った。そして、代わりが見つかるまでやめてはいけない、と命令されたが、もう限界に達していたので翌日から出勤しなかった。その日は、パートの女性から電話があって「店長が怒っている」と叱責《しっせき》された。数か月するとカラオケボックスもやめたくなってきた。こちらも古参のアルバイト店員から嫌味を言われたり、シフトを入れてもらえなかったりしたからである。けれど、他のアルバイトが皆、同年代で仲がよかったことと、ここをやめてしまうと生活が厳しいので、なんとか耐えた（※5）。

上京時同居していた友人と新宿を歩いている時にキャバクラのスカウトを受ける。しかし、それは雅代のような体形の女性ばかりが集まっている店だった（※6）。夜の仕事の時給の良さに心が動いている最中に、現在の仕事場となる不動産屋の社長、馬場《ばば》（仮名）（※7）に出会う。馬場はチェーン系喫茶店の常連だった。彼女の気配りに感心した馬場は、不動産屋に来れば、一定の試用期間の後、社員にもするし、資格も取らせてやる、と約束してくれた。

（※1）雅代によれば、本人の中では東京に来ることは決めていたが、親族、特に父の姉である伯母の許しがなかなか出なかったのが一番大きな原因だった。伯母は、父の十五歳上で両親はこの伯母に頭が上がらなかったそうだ。そういう関係は雅代が生まれる前からのものであり、その理由は不明。伯母に父はまるで母親のように育てられた、ということだが、祖母は健在だった。筆者はもしかして、父親の本当の母は伯母ではなかったのか、と話を向けてみたが、雅代は考えてもみなかったらしく、きょとんとしていた。

（※2）当時は最低賃金以下の仕事も多かった。訴えなかったのか、と尋ねたところ、どこに訴えていいかわからないし、どこもそんなものなので気にしていなかった、と答えた。

（※3）高円寺を選んだのは友達がいたからであったが、それからずっと住んでいる。

（※4）その頃、友達がバイト先の先輩と付き合い始め、同棲したいと匂わせるようになった。

（※5）筆者の私見だが、他の高卒男女からの聞き取り調査でもこういった上司、社員、先輩アルバイト等のいじめや躾と称した注意は陰惨さを増している。景気悪化による職場環境、就職状況の厳しさがこのような社員の精神的な余裕のなさにつながっているとも思われる。また、高卒男女が激しく職場を変わる大きな原因の一つとなっていることは否めない。

（※6）雅代は身長百五十三センチ、体重七十八キロ。

（※7）馬場は六十代半ば、中卒と自分で語っている。親が戦後、闇市《やみいち》から興した不動産屋を継いだ。

そこまで読んで、まあちゃんはふーっと息を吐いた。

「どう？」

向かいに座っている、社会学者の遠藤が心配そうに尋ねた。

「ちょっと疲れちゃった」

「じゃあ、少し休もうか。もちろん、かまわないよ」

彼はウエイトレスに手を挙げた。

「何か好きなものを頼んで。僕もコーヒーをおかわりするから」

自分で払うとちゃんと宣言しながら、いくらでも好きなものを頼んでいいよ、という姿勢を見せる男と食事をするのは、まあちゃんにとって生まれて初めてと言ってよかった。デートでないのが残念だ、と思った。

「どこか気になるところ、ある？」

彼がコーヒーを、まあちゃんが大好きなチキン・ジャンバラヤを頼むと、そう尋ねられた。

また彼のレポートに目を落とした。

「仮名が桜田雅代って」

「気にいらない？」

「ううん、仮名の方が本名より複雑なのって変な感じ」

「じゃあ、変えようか」

「いいえ。こっちの名前の方が好きかも。吉田正子より。自分の名前嫌いだし」

「まあちゃん、って呼ぶのかわいいじゃない」

名前のことでもかわいい、と言われて、悪い気はしなかった。

「他にある？」

「気になるところはないけど……」

「ないけど？」

「どうして、こんなに※印をつけるの？　いちいち、最後にいくの、面倒なんだけど」

はははは、と彼は笑った。

まあちゃんはおかしなことを言ってしまったのかと首をすくめる。

「そうだよね。僕もそう思ってた。だけど、そういうのが論文の形式なんだ。皆、読みにくいなあ、と思いながらやめられない」

「やめたらどうなるの？」

「どうなるかなあ。たぶん、変人扱いされると思う」

「こんなメール書いたら、普通ならそっちの方が変人よ」

「君はおもしろい人だ」

遠藤が微笑むとまあちゃんは嬉しくなる。

彼とはいきつけの定食屋で知り合った。

相場不動産のすぐ近くの店だ。土地は借地で、上物は自前、もちろん、相場不動産が仲介に入っている。店長のおじさんがいい人で、まあちゃんが行くと必ず、揚げ物やら小鉢やらを一品付けてくれる。ありがたいけど、ダイエットには迷惑な店だった。それでも、近いのと安いのと、居心地がいいので週に二回は行ってしまう。

遠藤とはそこのカウンターで隣になった。人懐こい性格で、おじさんとまあちゃんが話しているのを聞きつけて、「もしかして、不動産屋の人ですか？」と入ってきて、「僕も今、部屋を探しているんだけど」と相談された。

何度か話すうちに、さりげなく出身地のことなど聞かれ、実は「地方出身の女の子の聞き取り調査をしている。できたらこれから長期にわたって話を聞かせてもらえないか」と頼まれた。

彼の、卵形の顔に大きな目という育ちのよさそうな顔立ちは嫌いでなかったし、早稲田大学卒業の社会学者という肩書には驚いたものの、彼女のざっくりした生い立ちを聞いてもまったく態度を変えない、どこかおっとりした物腰に好感を持った。

今日は相場不動産の定休日の水曜日だ。先週の同じ日に駅前のファミリーレストランで数時間をかけて、高校を卒業してからこれまでの話をじっくりした。今日は、彼がまとめたレポートを読んで、間違いやどうしても公にしたくないところはチェックを入れる、という作業のために来ている。

とはいえ、どうせ仮名で出すものだし、学術的な論文として発表するのでたくさんの人の目に触れるものではない、と聞いている。特に直すつもりはなかった。

「ここの、（※5）のところ、本当にそうだと思う」

まあちゃんが指摘すると、ん？　どこどこ？　と遠藤はレポートをのぞき込んだ。

こういうところがいいな、と思う。あたしが言ったことにちゃんと反応してくれるところが。

「ああ、景気が悪くて、社員たちにも余裕がない、というところね」

「うん。本当にそうだもん。うちら、ぜんぜん人間扱いされてなかったもん」

「君のような女の子に他にも話を聞いているんだけど、皆、ダブルワーク、トリプルワークが普通で、しかも激しく仕事を変わるんだよね。すぐに仕事をやめるっていうのは悪いことのように日本では言われるけど、話を聞いているとそうとも思えなくてさ。職場環境が悪いんだから」

他の女の子にも話を聞いている、というところには胸がちくちくしたものの、遠藤が同意してくれたことは嬉しかった。

「あたしだって、社長に拾われなかったら、今頃どうしてたか」

「相場社長って、いい人みたいだね」

「うん。いい人。本当のおじいちゃんみたい。口は悪いし、最近は出戻り娘と孫のことばっか言っているけど……いい人」

「やっぱり、君の、まあちゃんのがんばりもあると思うよ。今の立場まで来れたのは」

ここまで食べてこられたのは社長のおかげだ。でも、そう褒めてもらえるのはやっぱり嬉しかった。というか、社長がいい人だから、ということで終わっていたら、ちょっと悲しくなっていたと思う。

「あたしなんて、たいしたことはないけど」

「いや、ちゃんと自立してさ、人の役に立っているじゃない。すごいことだと思うよ」

「ありがとうございます」

「もしも、実際、相場社長に出会わなかったら、どうなっていたと思う？」

どうなっていただろう。まあちゃんは追加したジャンバラヤのスパイシーなライスをもぐもぐしながら考える。

「やっぱり、なんらかの水商売に行ってたかもしれない」

「そうか」

「結局、今頃は働けなくなって、実家に帰ってたかもね」

「君は一度もそういう……水商売に就いたことはないの？」

「実は一度だけ、体験入店したことがある」

メモしていい？　遠藤がペンを持って目で尋ねた。まあちゃんは小さくうなずく。

「お弁当屋をやめて、カラオケボックスもやめたくて、いろいろ迷ってた時期だった。まだ若かったし。それであたしみたいな体形でも働けるところに行った」

「……どうだった？」

遠藤の声は静かで、彼女をなだめているようだった。

「嫌だった。一日で自分には合ってないってわかった。好きでもない男の人と話すのは苦痛だし、お金をできるだけ巻き上げるように努力するのもつらかった。何より、やっぱり、そういう仕事をしているっていうことがちょっと……」

まあちゃんは言葉を探した。

「うちらなんて、いくらでもそういう仕事をして、お金がたくさんもらえればラッキーって思われているかもしれないけど、そんなことない。そういう子は一握りで、皆、どこか罪悪感を抱えながらやっている」

「わかる」と遠藤はうなずいた。「今の若い女の子って、皆、気楽に水商売に入って簡単に稼いでる、っていうイメージを世間で持たれがちだけど、実はそれになじめないっていう子の方がずっと多い。これまでの聞き取り調査でもそうだった」

「それに、何より、そういう店では、私の体重ではまだぜんぜん足りないの。ママから最低でも三ケタにして来いって」

話のオチとして言ったつもりだったが、遠藤は静かに微笑んだだけだった。

「よくがんばった。いや、がんばっているよね。まあちゃんは」

まあちゃん、と呼ばれるようになったのは、二回目の時からだ。

大学出の男とこんなに親しく話すのは、お客以外では初めてだった。

ファミレスで三時に待ち合わせて話しているうちに夕方になってしまったので、晩御飯を一緒に食べるのかな、と思っていた。でも、そこを出ると、遠藤は「じゃあ」と爽やかな笑顔で右手を挙げて帰って行った。

しょうがなくまあちゃんは、高円寺の駅前の小さな居酒屋に入ってコの字のカウンターに座り、冷たい日本酒と数種のつまみを頼んだ。

こういう酒の飲み方を覚えたのも、ここ一、二年のことだ。家に帰れば、冷凍してあるご飯があって、それをチンして卵でもかければ腹を満たすことはできる。酒ならコンビニで買った発泡酒でも飲めばずっと安上がりだ。でも、今日のような日はまっすぐ家に帰りたくない。

東京で一人暮らしを始めて、そろそろ七年だ。このくらいの金の遣い方ぐらいは覚えていた。

遠藤と話し続けた、心地よい、軽い疲れがある。彼のしぐさや表情、言葉を思い出して、つまみとともに酒で味わいたい。

白い上っ張りを着た店員が、升《ます》に入れたグラスを運んできてくれて、なみなみと冷酒を注《つ》いでくれた。その間、まあちゃんは心の中で「できるだけたくさん入れてくれますように」と祈っている。升にあふれる酒の色を見ているだけで嬉しい。

店員が行ってしまうと、彼女はグラスを手に取った。

まあちゃんはがんばり屋さんだからさ。

その言葉を思いっきり舌の上で転がして、酒を口に含んだ時、ぶーっとそれを吐いてしまいそうになった。

カウンターの向こうから、若い男がじっとこちらを見ている。目が合うと、用心深そうに会釈した。まあちゃんは、自分も「同じような表情だろう」と思いながら、頭をこくっと下げる。

一見、イケメン、色白の優男、隣町で家賃交渉業の会社を経営している、光浦《みつうら》という男だった。

家賃交渉というのは、家屋やビルの状態、近隣の家賃を調査し、大家や不動産屋と話し合って、彼らが適正価格と呼ぶ家賃にまで下げ、店子から手数料を取る仕事だ。いわば、相場不動産とは敵対関係にある会社である。

なのに、相場社長は「あいつはなかなかおもしろいやつだ」と言って、店に出入りさせていた。今では気安く「ちょっとまけるように、社長から大家に言ってやってよお。うちら、持ちつ持たれつなんだからさ？」などと言いながら入ってくる。何が、持ちつ持たれつだ。大家さんに頭を下げ、他の店子たちから家賃が違うと聞かれた時に言い訳するの、誰だと思っている。

しかもあいつは大金持ちのボンボンで、親に会社を作ってもらったのだと聞いている。うちらのような叩き上げとは違うのだ。

あーあ、変なの見ちゃった、とがっくりきているのに、光浦は自分のグラスを持って、まあちゃんの隣の席に移ってきた。

「お疲れ様」

親しげに言って、グラスを合わせようとする。店の人が気を遣って、彼の皿を運んできた。

「一人で飲みたいんですけど」

まあちゃんは顔をしかめながら言った。

「おれもそうだけど」

「じゃあ、向こうに行ってくださいよ」

「これ」

彼は自分のつまみの皿を指差した。

れんこんのきんぴら、しめ鯖《さば》、ポテトサラダ。

ぴったり同じ皿が、二人の前に二つずつ並んでいる。

「あ」

「やけに同じ好みの女がいるなあ、と思ったら、あんただった。一緒に頼めば安上がりだ。倍頼める」

「別に」

安上がりにする必要ないんですけど、と肩をとがらせた。

「新高円寺駅前、家賃八万八千円の部屋だろ。給料は二十万そこそこ。安けりゃ安いほど助かるんじゃないか」

「なんで知ってるの」

「おたくの社長に聞いた。それに、あんたと飲めば、こちらは経費で落とせるし」

「じゃあ、おごってくれるの?」

光浦は肩をすくめた。仏頂面だが、そのつもりらしい。

今日はやたらと男におごってもらえる日だ。しかも、二人とも若くて、そこそこイケメン。運がいい日と言っていいのか。どちらも男女の仲じゃないが。

「話すのが嫌なら、黙って食べればいい。でも、次、何頼むつもりだった?」

そんなに何皿もがっつくつもりはなかった。三品で酒を二、三杯飲むだけで十分だ。

「これ以上頼むつもりはありません」

「でも、注文するとしたら？」

まあちゃんにはこの店にまだいくつか好物があった。

「当てようか？」

彼女は肩をすくめた。

「まず、出し巻き卵」

悔しいが、当たってる。ここの卵焼きは京風で、出汁《だし》がしっかり利いているのだ。

「それから、五色納豆」

驚きが顔に出てしまった。しめ鯖にするか、五色納豆にするか、さっきもずいぶん迷ったのだ。

おやじ、出し巻きと五色納豆！　光浦が叫んだ。

「そんな食べられませんよ」

「人生きついんだからさ、せめて、うまいものぐらい食べようぜ。今日は相場さん、定休日だろう？　なんで、こっちまで出張ってる」

「ちょっと、野暮用《やぼよう》がありまして」

「何？　友達と買い物でもしたの？」

光浦が見当違いな事を言って、嬉しくなってしまった。

「違いますう」

「じゃあ、男だな」

なんだか、知らないうちに白状させられている。

「男と会ったのに、なんで、こんなところで飲んでるの」

むかつくから答えない。

「妻子持ちか」

「そんなのと付き合いませんよ！」

しょうがなく、遠藤のことを話した。

「社会学者の調査？」

「そうです。あたしのことをサンプリングしたいって」

「ふーん。変な学問もあったもんだなあ」

「……それより、光浦社長さんの方のお仕事はどうですか」

自分のことはあまり話したくなくて、話をそらした。

「相変わらず、貧乏暇なしですよ。このところ、家賃相場も上がってきて、踏んだり蹴《け》ったりです」

「光浦社長のところは、デフレであってこその商売ですものねえ。景気が良くなってきたらつらいですね」

思わず、にやりとしてしまう。これまで、散々、家賃を叩かれているのだ。このくらい嫌味を言わなくて、いつ言う。

「とはいえ、おれは悲観してない」

「どうしてですか」

強がっちゃって、とまあちゃんはおかしくなる。

「アベノミクスがあろうと、東京オリンピックがあろうと、長期的に見たら、日本の家賃が下がっていくのは間違いない。どんどん人口が減っているんだから」

痛いところをつかれた。それは、不動産屋や大家が今一番、気にしていることだ。将来のことを考えると暗くなる。

「でも、社長は、あ、相場社長ですけど、人生も景気も、そう簡単なものじゃない。悪い悪いと言われても、じっと首を引っ込めて耐えていれば、いずれは良くなる。良くなったり悪くなったりして、少しずつ歳を取っていくんだって。止まない雨はないんだから」

「あの人が言うなら、そうかもな」

光浦は思ったよりも強く反発せずに、うなずいた。

「止まない雨はない、か。いいこと言うな」

「そういえば、あの女の子、どうしたんですか」

光浦の声がさびしそうで、まあちゃんは思わず、聞いた。少し前まで彼は、いつも背の高いモデルみたいにきれいな女子大生を連れていたのだ。

「彼女は就職したよ。丸の内の大きな外資系投資会社にね」

「ふーん」

だから、あたしなんかに声をかけたのか、と思う。

「おたくのおやじさん、おもしろい仕事しているんだってな」

「おもしろい？　なんですか」

光浦はまあちゃんの耳元に唇を近づけてささやいた。

「ロンダリング」

「あ」

まあちゃんは耳元で卑猥《ひわい》な言葉をささやかれるより、びくっとした。

「おれらの会社の側から言うと、ロンダリングっていうのはなかなか認めにくい事象だよな。けど、個人的には非常におもしろい」

「何を狙ってるんですか」

まあちゃんは自分ができる一番怖い顔をした。

不動産屋の仕事に移ってから、雅代は他の仕事をやめた。カラオケボックスのアルバ

イトをやめたい、と店長に伝えた時には店長から灰皿を投げられ、それが額に当たって血が出た。現在も小さな傷が残っている（※8）。

馬場社長のもとで約束通り、宅建の資格を取らせてもらった。また、それとは別に仕事帰りにネイリスト養成講座に通って、その資格も持っている（※9）。

男性関係は高校卒業まではまったくなかった。本人の談によると、「ださかったし、校則で化粧もできないし、ぜんぜん相手にされなかった」そうだ。上京してから、同居した女性の彼氏の友達を紹介され、数回、デートをした。彼も北海道出身の上京組で、安心感があった。けれど、何度か会ううちに彼が「もっと痩せたら」「東北出身の女って佐々木希《ささききのぞみ》みたいなのかと思ってたけど」などと言うようになったので別れた。けれど、この男性を相手に処女を失っている（※10）。その後、元のバイト先のカラオケボックスの先輩と数か月付き合ったが、彼が「デブ専だ」と皆に公言しているのを見て嫌になって別れてしまった（※11）。また、不動産屋の客の一人とも短い関係を持ったが、現在は恋人はいない。

結婚はいつかしたいと思うが、まだ現実的ではない。地元の高校時代の同級生の半分はすでに結婚し、子供がいる人も少なくない。けれど、上京している女性ではまだ結婚している人間は一人もいない。それが彼女の中でまだ結婚を考えていないことの大きな理由となっている。

（※8）傷害罪、パワーハラスメントの訴えもできる事例と筆者は考えるが、彼女はそれをしていない。

（※9）地方出身単身女子のネイリスト資格取得率は高い。あくまでも筆者の私見だが、特にキャバクラで働く女性の八割はこの資格を持っているように思える。

（※10）この時雅代は二十歳なので、友達の中では遅い方だった。

（※11）デブ専の男性は嫌なのか、と尋ねると、彼女は「嫌ではない。最初は安心する。けれど、付き合ってしばらくすると嫌になってくる」と語った。また、公言されるのは嫌だ、とも。


光浦と居酒屋で別れて帰宅し、入浴した後、まあちゃんは遠藤が書いたレポートの続きを読んだ。結局、あのファミレスでは彼に見られているのが気になって読み終えられなかったからだ。

「次は将来について話してくれるかな」

別れ際に、遠藤にそう言われた。

ということは、次があるのだ。その期待で頬が熱くなった。

「将来って、どういうことを？」

「これからどんな仕事をしていきたいのか。どんな結婚をして、どんな家庭を築きたいのか。どんな生活がしたいのか。そして、何より……どんな生き方をしたいのか。どうやって生きて行きたいのか」

そんなことは簡単だわ、と思った。今すぐにでも答えられる、と。

だけど、遠藤は「次までに考えてきてね」と言って、聞き取りを打ち切った。

あの時まあちゃんが言おうとしていたことは単純明快だった。

職のある男と結婚すること。そして、その男の扶養に入り、健康保険と年金に加入すること。そして、子供を作ってからは、扶養控除内で、つまり年収百万ぐらいでパートする。そのためにもちゃんと職についている（できれば正社員の）男を探さなければ。

次会う時には何を着て行こうか、と考えた。先週はたった一着しかないスーツを着て行った。彼女は仕事場では制服を着ているから、そういう改まった服装は多くない。今日はふわっとしたチュニックとロングスカートを着た。どちらも体形をカバーしてくれる。来週はどうするか。

思い切って、何か一枚新調しようかしら、と思う。

チュニックもいいけど、もう少しきっちりとした服装もしたい。スーツほどではなくて……白いシャツなんかどうかしら。できる女風の。

小さな作り付けのクローゼットを開いて、扉についている鏡をのぞき込んだ。そこには真ん丸の顔、ぷっくりとした肉の中に埋もれている小さな目鼻が見えた。

遠藤は最後にあの大きな目でじっとこちらを見つめながら「どう生きたいのか」と尋ねた。

どう生きたいのか?

それは、健康保険証が欲しい、というのとは少し違う気がする。

しかし、まあちゃんの上京してこれまでの人生は、健康保険証取得のための戦いと言ってもよかった。

そんなことを気にしていない子もたくさんいる。何人か知っているキャバ嬢なんて健康保険証を持たずに生きていて、風邪をひいたら薬局で薬を買って飲むだけだ。

まあちゃんの上京したばかりの年もそうだった。

その年の冬、ひどいインフルエンザにかかって、まあちゃんは友達の家で熱に苦しみ、結局、違法であるのを知りながら彼女の保険証を借りて病院に行ったのだった。

あの時ほど、悲しく不安でつらかったことはない。

それから、どんなことをしてでも健康保険証を持とうと努力してきた。

けれど、まあちゃんが「夢は?」と聞かれて、一瞬の躊躇《ちゆうちよ》もなく「夫の健康保険に入ること!」と答えるようになったのはずっと前のことだ。

子供の頃、年上の従姉が教えてくれた。

「ちゃんと働く男と結婚して健康保険に入り、扶養控除内で働くのが一番幸せなんだから」

それを聞いた時、なんだかずいぶん大人だなあ、と思った。

実際、その従姉は高校時代の先輩で、地元の土建屋に入社したガタイも顔もいい男と結婚し、すでに三人の子供がいる。

もちろん、ちゃんと保険に入っている。

でも、あれが自分の望む人生のトップなのか、てっぺんなのか、と問われれば、それはまた違う気がする。


「『地方出身単身女子の上京とその考察　夢と希望を抱いて』という題名にしようと思っているんだ」

次の週、ファミレスに来た遠藤は、まあちゃんの逡巡《しゅんじゅん》も知らず、朗らかにそう言った。

いかにも売れなさそうな本だ、とまあちゃんでもわかった。

「数字とか入れないんですか」

「数字？」

「地方出身女子が幸せになれる三十の方法、とか。そういうの売れるんでしょ」

遠藤は、ははは、と笑い、おもしろい人だね、と言った。

「僕の本はそういうタイプの本じゃないから。たぶん、ほとんど売れないし、書店にも並ばない」

「じゃあ、どうするんですか」

「関係者が買ったり、大学の図書館に入ったり、何より、教鞭《きょうべん》を執っている大学の授業に使ったりするんだ。そのための本なんだよ」

ふーんと思う。

そういう本になるとは知らなかった。

別にいい。自分の話がどんなふうに使われても。遠藤のために話したのだし、彼がどうしようと自由だ。

だけど、知らないところで大学生たちが自分の人生についてあーだこーだ言ったり、一つの「サンプル」として俎上《そじょう》に載せられたりするのは少し嫌な気がした。

つい黙ってしまった。

「どうしたの？」

まあちゃんの顔色に敏感な遠藤がすかさず尋ねた。でも、言えなかった。

大学生（特に女子大生）に複雑な気持ちを抱いているなんて。

彼らは若く明るく、大学に行けるだけの経済力と親と家を持っていて、その立場がどれだけ恵まれているかにもまだあまり気づかずに「まあちゃんの人生」を社会学の教材にして学ぶのだ。

まるで、他人事《ひとごと》、いや、他人事なのは当たり前なのだが、もっとよそよそしい感じ。彼らとはまったく違う世界の問題として、語るのだろう。もっと言ってしまえば実験動物のように。

「こういう『地方出身単身女子』たちは都会に搾取《さくしゅ》されるのに、どうしてわざわざ地方から出てくるのでしょう。大学に進学するならわかりますが、そのあてもなく、就職の道も確定していないのに」

「つまり、彼女たちは地方の中ではわずかに突出した存在であることは確かなのです。だから、高みを見てしまう。むしろ、普通かそれ以下の存在なら地元で満足できるのに、ごく少し他とは違う、他より優れていたからこそ、夢を抱いて地方から出てくることになる」

そんなことを頭でっかちな学生たちが語り合ったり、協議したりするのが目に見えるようだ。

自分たちとはまったく別の人種のできごとのように。

そして、その議論には、この遠藤ももちろん加わる。今、目の前にいる男。

「そんなことを言ったら気の毒だよ。僕は彼女たちに直接会ったけど、皆、真面目に人生を考え、頭の良い人たちだった」

そんなふうに一度はあたしたちをかばう。優しい先生に見えるだろう。けれど、これは研究なのだ。

「大学外や講義外で君たちがそのようなことを言ったら、僕はきっと君たちをたしなめるだろう。誰もが夢を持つことは自由なのだから。だけど、ここは研究室だから率直な発言を許そうじゃないか」

女子大生たちは彼を尊敬の目で見つめ……。

「大丈夫？」

また、遠藤が尋ねた。

「はい、大丈夫です」

いくぶん硬く、まあちゃんは答える。

そんなこと、想像してもしょうがないことだ。ここで話してしまったら、もう彼がこれをどう使うかなんて、あたしにはわかりはしないのだから。

「では、この間もお願いしておいた、将来のことを聞かせてくれるかな」

まあちゃんに自分の未来はまだ見えていなかった。健康保険以外は。

しかも、これが授業で使われる、と聞いて、さらに言えなくなってしまった。

「……将来」

「そう」

「あたしの将来」

なぜ、彼はそんなことを聞くのだろう。それを聞いてはいけないことを、彼は知らないのか。

あたしたちに。あたしたちのような女に。

きっと彼は、何も知らないのだ。

あたしたちに未来なんかないことを。

「……まだ、わからない」

気がつくと、そう言っていた。

「わからない？　そう？　例えば、今の仕事についてはどう？　これからも続ける？」

まあちゃんの気も知らず、遠藤は優しく続ける。

「はい……しばらくは」

「例えば、いずれ、君も店を持ちたいとかは思わないの？」

「店？」

まあちゃんの脳裏に、ふっとケーキ屋さんの店先に立つ、自分の姿が映し出された。

ケーキ屋さんは子供の頃の夢だった。

「不動産屋を経営したい、とか。相場さんの店は跡取りがいるの？　君が跡を継ぐとか」

　店って、不動産屋の方か。そんなこと、考えたこともなかった。

「それはないと思う」

「どうして？」

「だって、相場さんにはお嬢さんがいるし」

「その人は不動産屋の仕事をしているの」

「してない」

　たぶん、彼女は不動産業にまったく関心がない。だけど、かといって、彼女を差し置いて自分があそこに残るとは思えなかった。

「君自身はどうなの？　不動産屋をずっとやっていきたいとは思わないの？」

「どうかな。思わない……かな」

　不動産屋は嫌いな仕事じゃない。契約が決まった時とか、やっぱり、達成感というか、高揚感がある。アドレナリンだとか、何かの快感物質が脳の中を満たしているのがわかる。大きなお金が動くし、ちょっと賭《か》け事に似たものがある。

　それから、もっとこまごましたこと。店子からの苦情やクレームを上手に大家に伝え、解決した時には、契約とはまた違った喜びがある。自分が人の役に立っている実感。ロンダリングをしてくれる人たち、通称「影」の世話は、また異なる感覚だ。どこか、そっと大切に扱わなければいけない存在をひっそりかくまっている感じ。喩《たと》えは悪いが、飼育困難な小動物を上手に飼っているような気持ちだ。動物と言うのが悪いなら、赤ん坊と言ったらいいか。まあちゃんも相場社長も、彼らを慈しみ、育てている。

そんな不動産屋の仕事の数々は決して嫌いではないのだ。

ただ、一生の仕事とも考えていなかった。

「前に言っていた、ネイルの仕事は？」

「ネイル？」

「ほら、ネイルの講座に通って、資格を取った、と言っていただろう」

そうだった。ネイルサロンを開くことは長らくまあちゃんの夢だった。

「まあちゃん、いつもきれいな手をしているしね」

遠藤は彼女の手を見て、好ましげに目を細めた。

その視線は嬉しいものの、ネイルサロン、と言われて、また、まあちゃんは考え込んでしまった。

そうだった、昔の夢はネイルの仕事に就くことだった。

でも、それを考えていた七年前とは自分も環境もあまりにも変わってしまっている。

今なら、例えば、この高円寺にサロンを開くとしたら、どのくらいの資金が必要でどのくらいの売り上げが必要なのか、計算できる。
そして、その実現性も。
今、ネイルの料金はびっくりするぐらい安くなった。
前に、新宿にある、人気のネイルサロンに行ったことがあった。そこは、歌舞伎町《かぶきちょう》で
ナンバーワンだった、という元キャバクラ嬢が経営しているお店だった。豪華な生花が
店中に飾られ、その店長も店員も、バラの花に負けないぐらい、髪も爪もメイクも盛れ
るだけ盛った、華やかないでたちだった。
それが評判となって、実際のキャバ嬢たちも、その姿にあこがれる女性たちも通って
きたのだ。
まあちゃんも友達と一緒にそこに行ったが、働いている女の子、皆、すごい美人で圧
倒されてしまった。また、まあちゃんが施術されている途中に入ってきた、社長と呼ば
れる経営者は女優のように美しかった。他の子とは一線を画す、華やかだけど清楚《せいそ》なな
りで、輝いていたっけ……。
その一連のできごとを思い出し、まあちゃんは、自分はあの店に行った頃からネイル
サロンを始めたい、と言わなくなったのだ、とわかった。
あそこまでやらないと人気店にはなれない、というのはちょっとしたショックだった。
「コーヒーのお代わり頼む？」

遠藤は黙ってしまったまあちゃんに、理由を聞きもせず、優しく尋ねた。

遠藤と別れた帰り、また、同じ居酒屋をのぞくと、やっぱり、カウンターの端に光浦がいた。

もしかしたら、と期待して寄ったものの、あまりにも予想通り過ぎて、ちょっと恥ずかしくなった。

しかし、光浦は彼女の思惑も知らず、明るい笑顔で「こっち、座れよ」と手を上げてくれた。

「お疲れ」

彼はすぐコップを取り寄せて、ビールを注いだ。

「ありがと」

コップの角を、チン、と当てると、二人で連れだってここに来たような気さえした。

「また、今日もどうしたのよ」

説明する気にもならない。進んで来たくせに、一人で飲んだ方が良かったのかもしれない、と思いながらコップを空ける。

「あの男と会ったのか」

そんなふうに言われると、自分たちは馴染みの男女みたいだ、と思った。

「嫌なことでも言われたのか。エリートさんはデリカシーがないから」

「違うって」

彼がデリカシーのない男だったら、光浦みたいに平気で本音を話してくれる男だったら、ここに来ていない。

「今日は何を話したの」

「……将来のこと、あたしの」

「ふーん。で、何言ったの」

「……まだ、決まってないって答えた」

「若いものなあ」

そうじゃないよ。もう、いい歳だよ。

相場社長とか、お店のお客さんとか、皆、そう言ってあたしを慰めるけど、あたしはもう若くない。そろそろ将来を決めなくてはいけないし、地元の友達は皆、結婚して、子供もいる。

そういうことをいつもは考えないようにしているのに、見つめさせてくれたのが、遠藤だった。

「ああ、どーしよっかなあ。これから」

体の奥底から、ほろ苦いビール味の本音が出た。げっぷみたいに。

ここにとどまるか、実家に戻るか。

「今までのままでいいじゃないか。ぜんぜん悪くないじゃないか。相場不動産に勤めてさ、このあたりに住んで、阿波踊り踊って、こうして酒飲んでればいいじゃないか」

「だって、このまま不動産屋に勤めてどうするの？　相場社長だってずっとやっているかわからないし」

「相場社長がやめたら、他の不動産屋に勤めればいいじゃないか。だめならおれの店にくればいい」

「社長の店？」

「まあちゃんなら大歓迎だよ。どこでも」

「そうかなあ」

少しだけ気が晴れる。だけど、心の根本的な治療にはならない。

「だって、さ、ほら、さ」

「さ、さ、ばっかり言って、なんだよ」

「ほら……結婚とか、さ」

「すればいいじゃない」

「だって、相手が」

「相手がいないならしなければいいじゃない。誰かいい相手ができればその時結婚して、子供も作りたければ作って、したいようにすればいいじゃない」

光浦が言うと、なんでも簡単に聞こえる。

「女はそういうふうにはいかないんですよ。もうすぐ三十だし」

「人生を逆算してもしょうがない」

「逆算しなくて、後悔している女をたくさん知っているもの」

やっぱり、子供は産んどけばよかったー、って角の文房具屋の一人娘、行き遅れアラフィフ女が毎日のように言っている。

「なんで、急にそんなこと言い出したんだよ。前まで、まあちゃんはいつも元気で明るくてよく働いて、不動産屋に座ってて、お客さんのために軽を運転して」

その軽自動車で何度か光浦を送って行ったことがあった。

「遠藤さんにいろいろ話してて、現実が見えてきちゃったのかな」

「おかしいな、その男」

「え」

「なんか、おかしいよ。人の人生、引っ掻《か》き回すようなことして」

「遠藤さんは悪くないよ。むしろ、感謝している。あたしにいろいろ考えさせてくれたもの」

「いや、学者だからって、人の人生に土足で入ってくるようなことをするのはおかしい。

学問って、人を幸せにするためにあるんじゃないのか」

「そんな簡単なことじゃないでしょ」

その日はそれからも、まあちゃんと光浦の会話は平行線のままで、光浦はただばかみたいに「あやしい、あやしい」と言い、まあちゃんは「男にはわからん」と言って、終わった。

翌日の夜、一人の部屋に帰って、テレビを観ているところに、遠藤から電話があった。いそいそと出る。

「はい？」

相手がわかっているのに、そんなふうに言ってしまう。

「遠藤です」

「あ、昨日はありがとうございました」

「いや、こちらこそ、ありがとうね。いろいろ話を聞かせてもらって」

助かってるよ、今、またまとめている、そんなことを遠藤は少し説明した。

「それでね、今日はちょっと別のご相談」

「なんですか」

わずかに心拍数が上がる。けれど、ご相談、という響きがまあちゃんに思い上がってはいけない、と伝えていた。

「僕のゼミの学生で特養にボランティアに行っている女の子がいるんだよ」

「特養?」

「老人ホーム」

「ああ」

そんな優等生の女子大生がどう関係してくるのか。

「その子に君のことを話したら、ぜひ、手伝ってほしいって言われて」

「手伝う?」

「そのホームで、入所者のおばあさんたちの指にネイルをしてあげてほしいって」

「ネイル、ですか」

「前にメイクアップアーティストの人に来てもらって、メイクの講習をしたことがあって、おばあさんたちがとっても喜んだんだって。表情も明るくなって元気が出たそうなんだよ。だから、ネイルもいいんじゃないかって。お化粧は洗ったらすぐに取れてしまうけど、ネイルは持つからね」

「あー確かに」

「彼女がホームに提案したところ、爪を塗ると健康状態がわからないからいかがなものか、っていう意見もあったらしいんだけど、身綺麗《みぎれい》にして気持ちをリフレッシュしてもらう方が大切なんじゃないかってことになったらしい」

「あたしなんかでいいのかな」

　華やかな女子大生たちに交じってボランティアをすることには、ちょっと不安もあった。

「もちろん、当日は僕も行くしね。ぜひ、お願いしたいらしいよ」

「じゃあ、やります」

「ありがとう！　皆、喜ぶよ。また連絡する」

　電話を切って、しばらくぼんやりしてしまった。その後、気を取り直して、ベッドの下から、アルミでできた大きなメイクボックスを取り出した。

　ネイルの講座に行った時、一揃《ひとそろ》い買わされた道具やマニキュアの数々がびっしり詰まっている。あの時は必要だと言われてたし、自分も希望に燃えていたから抵抗なく購入してしまった。

　サロンを開くことなんて、絶対に無理だと思うようになってから、見るのも嫌になってベッドの下に押し込んでいた。

　サロンだけじゃないんだ。これを使えるのは。

　まあちゃんは中の美しい瓶を手に取った。

　明日は新しいネイルをして行こう。最近、自分の爪にもおざなりだった。

今のネイルをリムーバーで落として、丁寧にやすりをかける。

いくらでもやること、やれることはあるんだ。まずは、身の回りからでも。

まあちゃんはマニキュアの瓶を一つ一つ愛おしげに手に取って、自分の色を探し始めた。

失踪、どっと混む

ちわ、というような声がして、相場は顔を上げた。

不動産屋の店先に、ひょろりと背の高い男が立っていて、頭を下げた。

こいつ、いつも挨拶が「ちわ」に聞こえる、ちゃんと「こんにちは」と言っているようなのに、と相場は思った。

「なんだ、失踪屋か」

「なんだ、はないじゃないですか」

失踪屋と呼ばれた、仙道啓太は苦笑いしながら、相場の前の椅子を引いて座った。

長身で痩せているからか、どんな背広を着ていても薄っぺらい生地に見える。それに、同じく薄っぺらい黒革の鞄。典型的なサラリーマンスタイルだった。

「なんにも出ねえよ」

「え」

「茶一つ、出せねえ。俺、一人だから」

「まあちゃん、本当にやめちゃったんですか」

相場は肩をすくめた。

「止めなかったんですか」

「止めたよ。けど、田舎に帰りたいって言われたら、引き留めるわけにいかねえじゃねえか」

「そうですか」

仙道はこの場にふさわしいとは言えない、穏やかな笑顔であいづちを打った。

「どうしたらよかったのか、教えてくれねえか。あんた失踪屋なんだろう」

「そんなこと、僕にはわかりませんよ」

にやにや笑いやがって。相場は小さくつぶやいた。

「まあちゃんがいなくなってから、商売あがったりだ。営業成績も落ちてるし、これまで、どれだけ細かいことをあの子にやってもらってたかわかったよ。全部、てめえが教えたことなのに、やり方も忘れちまった。とんと出てこねえ」

甘えてたんだなあ、というのは頭の中で考えたことなのに、ずるずると声となっていた。

「何が不満だったのかねえ」

「そういうことではなかったと思いますよ。彼女、いつも楽しそうに働いていたじゃないですか。実際、社長に不満があるとは言ってなかったんでしょう」

「なんだか、地元でやりたいことがある、ってな。ボランティアだか何だか……それから、生き方を考えたいって。これから自分がどう生きるか、どんな人間になりたいか考えたいって」

「なるほど」

「あんた、考えたことあるか。人生のことなんて。どう生きたいかなんて」

「それは人並みに、若い頃は考えましたよ。悩んで、ちょっと東南アジアに行ったりして」

仙道は相変わらず、ロバのような笑顔で言う。

「俺はねえよ。わけもわからず生きてきたのが今の結果だよ。だから、まあちゃんを止められなかったよ。そんなむずかしいことなんて、答えられねえもん」

「まあ、彼女だって、そう深く考えたことじゃないと思いますよ。今の若い人特有の、自分探しとかですよ」

「違うよ」

相場は我ながら、冷たい声を出している、とわかりながら答えた。商売人の自分がたいして知らない男に向かってこんな本音の声を出してどうする、と思いながらやめられなかった。

「あれは違うよ。まあちゃんはそういう子じゃない。そこらの若いのと一緒にしないでくれ。あれは真面目だし、頭がいいし、がんばってる子だ。たった一人で上京して、死に物狂いで働いてきて、金のことも仕事のこともよくわかっている子だ。その子が言ったことだから、俺は考えているんだ」

仙道は何も答えなかった。ただ、静かに口をつぐんで、表情を変えずに相場の顔を見ていた。

悪い。

先に謝ったのは相場の方だった。

「あんたに当たってもしょうがないよな」

「今の、当たったんですか」

「当たっちまった」

「社長に当たっていただけたなんて光栄です。僕はただ、考えていたんです。夏が終わったんだって」

「歌謡曲の歌詞みたいなこと、言うじゃねえか」

「この間来た時には音がしていたんです。風鈴の音が、店の奥から。でも今は何の音もしない」

「あれは娘の子供がつけたんだ。阿波踊りの縁日で買ってきて」

「そうですか」

「先週、片付けさせたんだよ。九月に入ったらやけに風が吹いてうるさいから。夏はいいが、秋になると物悲しくってなあ」

そうして、二人はまた、黙った。消えた風鈴の音を思い浮かべているような沈黙だった。

「……あんた、どうして失踪屋なんかしてる？」

「え」

「いつから、こんな商売始めた」

この男が店に来るのは三度目だった。一度目は、会社からいなくなった皆川哲治という男を探して、その男がロンダリングをしていたことからこの店に話を聞きに来た。二度目は皆川が九州の小さな町で見つかった、ということを報告に来た時だった。

どちらの時も、店に他の客がいて、あまり突っ込んだことまでは説明されなかった。けれど、ばたばたと店先で質問して報告して、帰って行った。けれど、ちゃんと直《じか》に連絡してくる律義さや物腰で、相場は仙道に好感を持った。

失踪屋という商売はどこか自分と似ている気がした。

突然、問われて、仙道は真顔になった。

「会社で」

声がかすれていて、相場は聞き返した。

「うん?」

「大学を卒業して最初に入社した会社で、失踪の部門があってそこに配属されたのが始まりです」

「へえ、そんな仕事があるのか」

「大きな会社には毎年、何人か失踪者が出ます。その対応や事後処理をしていました。気がついたら、社内に自分の未来を見いだせなくなって退社し、今の会社を立ち上げたんです」

「なるほどね」

「……というのは、表向きの理由です」

そう言われて、めずらしく相場はどう返事をしていいのかわからなくなった。

「仕事上で出会った人にはほとんど聞かれます。どうして、そんな仕事をしてるんですかって。もう、飽きるぐらいに」

「そりゃ、悪かったな」

「いえ。でも、本当はそんなことだけじゃないんです。もちろん、嘘じゃないけど……。今までほとんど誰にも話したことはありませんが……」

「ならいいよ。別に無理することない」

「でも、相場さんには話したいな」

「そうか」

「僕は失踪屋になるしかなかった」

その時、不動産屋の戸を開けて、若い二人の男女が手をつないで入ってきた。背の高いほっそりした姿が、兄妹《きょうだい》のようによく似ているカップルだった。

「いらっしゃい」

相場の声にはじかれたように、仙道はすっと立ち上がった。

「じゃあ、社長、また今度の機会にでも」

「飲みに行かないか」

相場は急いで声をかけた。

「今夜どうだい」

仙道は笑顔になった。「いいですね」

「じゃあ、あとで携帯に電話する」

「はい」

仙道は今、若者たちが入ってきた戸口から出て行った。

相場は目の前の客の二人に視線を移し、「お嬢ちゃん、四か月だね」と声をかけ、彼らが驚くのを見て楽しんだ。

「学生だけど、彼女が妊娠したから一年間休学して、同棲するんだと」

相場が指定した高円寺駅前の飲み屋で、先ほどの客について説明した。店の端の四人掛けのテーブルに向かい合って座っている。

「しかし、よく妊娠しているってわかりましたね。僕はぜんぜん気がつかなかった。二児の父親なんですが」

「それがわからなくて、不動産屋なんてやってられるかよ」

ふん、と相場は鼻を鳴らしたが、内心得意だった。

「今まで誰にも気がつかれなかったらしい、母親も言うまでわからなかったってよ」

「さすが。でもどうしてわかったんです?」

「腰回りとか体の動きとかな、気をつけてればわかるようになるさ。まあちゃんなんて、俺より目ざといよ。赤ん坊、禁止にしている大家も多いし、見逃したら、信用にかかわる」

「なるほど」

「まあ、若い二人には酷な話だが、最初からわかっていれば、ちゃんとオッケーなところ紹介できるしな。子供が生まれてから、泣き声なんかに気を遣ってひやひや生活してもしょうがないじゃないか。その方がお互いのためだよ」

「社長は現実的な人ですね」

「現実にポロシャツ着せて、歩かせたのが俺だよ」

「ははは」

仙道は、声をあげてはっきり笑った。すると、逆に泣いているような顔になった。

「理想的なことを言うのは好きじゃないんだよ。優しい言葉やきれいな言葉は気持ちよくても、金にならない」

「相場社長のそういうとこ好きですよ」

「できたら、若いねーちゃんに言ってもらいてえな。そういや、この間のサラリーマン、どした。九州で見つかったって」

「何事もなかったかのように会社に通っていますよ」

「ほー、そうかい」

「まあ、会社に入ったばかりで、いろいろ自信がなくなったとか、なんとか言ってるみたいです。それはあちらの会社の人事が聞き取り調査したことで、もう僕の手を離れてますけどね」

「五月病みたいなものか」

「会社の方はそれで処理したいみたいです」

「失恋とかじゃないのか」

「そういう気持ちもあるかもしれませんけど、いずれにしろ軽いものでしょう。本人の口からは出てきてません」

「未来ある若者だから、会社もあんまりはっきりさせたくないのかな。しかし、実家の問題をかかえているのに、出て行くっていうのは相当のものだろうに」

「不満そうですね」

仙道はからかうように相場を見た。

「いや」

「皆さん、そうなんですよ。失踪の裏には何か深い事情があると思っている」

「違うのか」

「ほとんどの場合、大きな理由がないことが多いんです。というか本人にも理由なんてわからない。数日から数週間いなくなって、ふらっと帰ってくる。時には周りの人も帰ってきたことに気がつかないこともある。気がついたら、隣の席に座ってて、『あれ、仙道さんいたの?』みたいに」

「まさか」

「いや、僕が特に会社員や家族内での失踪で一番気をつけているのはそこなんです。ほとんどの失踪はふらっと出て行って、ふらっと帰ってくる。だから、騒ぎすぎないこと。帰ってくる場所を残しておくこと。追い詰めたり、探しすぎたりしないこと」

「なるほどねえ」

「僕は失踪を、集団生活にとってある程度必要なことだと思っています。例えば、働きアリの何割かは働かずに遊んでいる、っていう話がありますよね。割合は諸説あるみたいですけど」

「よく働くアリを集団から取ってしまうと、怠け者のアリの何割かが働き出すって、あれか」

「ああいうのと同じで、集団を円滑に進めていく手段の一つではないかと思います。時に誰かが消えないと、集団が維持できない。だから、失踪してくれた人がいたら感謝しなきゃいけない」

「そーかなー」

相場にはそうは思えなかった。正直、失踪するようなやつはちょっとたるんでるとしか思えなかった。失踪なんて甘えだ。

「事件や事故に巻き込まれたり、企業秘密を持ち出したり、使い込みをしていなければほうっておくことです。僕も手を出し過ぎない。警察への連絡や最低限の調査はしますけど、主な仕事は残された側の人に、迎え入れてあげる環境について上手に伝えることと」

「じゃあ、あんまりやることなくて、商売あがったりじゃねえか」

「そうです」

仙道はどこまでもにこやかだった。

「楽な仕事ですよ」

「その楽な仕事をどうして始めたんだ。さっきはそれしかなかった、みたいなことを言っていたが」

仙道の顔が急に引き締まった。

「だから、無理して言わなくてもいいけど」

「いいんです。今回、あの青年が九州で見つかった時、ちょっと思うところありました」

「九州が？」

「僕が最初に探した失踪者は四国で見つかりました」

仙道はそこで熱燗《あつかん》を追加注文した。それが届くまで、しばらく黙っていた。徳利《とつくり》が運ばれると相場にも勧め、自分の杯を満たしてぐっと飲みほし、話し始めた。

「昔、新幹線のハイジャック事件があったことを覚えていますか。新幹線爆破未遂事件と呼ばれることが多いですけど」

「爆破？　尋常じゃねえな」

「はい。若い男が新幹線を占領して、その警備の問題点を指摘した事件です」

「そんなこと、あったかなあ。ぼんやり覚えているような気はするんだけど」

「彼は新幹線の警備システムの不備をずっとJRに訴えていたんです。でも、相手にされなくて、自分自身がハイジャックすることによってそれを証明してみせたんですよ」

「見事、鼻を明かしたわけだな」

「けれど、取り押さえられる時に警官ともみあいになって、一人殺してしまいました」

相場の頭の中にぱっと灯《ひ》がともるように記憶がよみがえった。確かにそんなことがあった。しかし、すぐに派手に同意することはできなかった。

一人、殺してしまった。

その声は抑えられていたが、悲痛な響きがあった。

「思い出したよ。確か、そんな事件があったな。十五年ぐらい前じゃなかったか」

「その犯人の男、青井《あおい》が、僕の最初の失踪人です」

「じゃあ、あんたも事件に関係しているのか」

「いいえ。失踪したのは事件のずっと前のことです。もちろん、失踪屋になんかまだなっていません」

「ふーん」

「僕がまだ開発部にいた、会社に入って三年目のことでした。同期の青井が社員寮から姿を消したと連絡がありました。同じく同期の町田祐子《まちだゆうこ》という女性と一緒に人事課に呼び出され、青井の部屋を見に行ってくれ、と頼まれたんです。二人で電車に乗って見に行きました」

相場は仙道の杯に熱い酒を注いだが、彼は見つめるばかりで手をつけなかった。

「部屋はとても散らかっていました。今、覚えているのはそのくらいです。僕は他の同期の男たちと青井の写真を持って、休日や仕事終わりに、寮の近くのパチンコ屋や公園を聞いて回ったけど、何も情報はなかった。それを人事に報告して、終わりです。僕も若かったし、できることは他にはなくて」

「どんな男だったんだ」

「おとなしい、目立たないやつでした。当時も同期を集めて、青井のことを聞いたけど、誰もよく知らなかった。例えば、トイレに入る時はいつも大の方に入るということが話題になったぐらい。おたくと言ってもいいぐらい、電車の知識には長《た》けてたけど」

「なるほど」

「青井が次に姿を現したのは一年後、四国の高松《たかまつ》でした。前年に起きたオウム真理教の事件の余波で、その残党を探す捜査網に青井が引っかかったんです。彼が保険証をまだ持っていたことで、会社に連絡が来ました。彼はすでに両親を亡くしていて、弟ぐらいしかいなかった。それで、僕と同期の町田祐子が青井を高松まで引き取りに行ったんです」

仙道の、町田祐子という女性の名前を言う時の声の何かに相場は気がついていた。いや、逆だ。彼が彼女の名前になんの情報も込めずに発音しようとしている。いったい、彼女と何があるんだろう。

「青井を引き取って、彼の大阪の親戚に渡して帰ってきました。それだけです。その日は。ひどく疲れましたね。青井に一度だけ、『なんでいなくなったの』って聞いたけど、彼は答えなかった。というか、彼は一言も言葉を発しませんでした。もう意思の疎通ができるような状態じゃなかったんですよ。大阪を出る時、駅弁を買って食べて、そのまま寝てしまいました。町田とは東京駅で別れました。ああ」

仙道は急に小さく叫んだ。

「今、ちょっと思い出しました。その日、心配になって町田の携帯に電話をしたんです。女の子だから、ちゃんと家に戻ったかどうか。でも、彼女、出なかった。何度もかけたのに、携帯の電源も切っていて。あの頃の携帯は電波状況も悪かったし、あまり気にしていなかったんですが、一応、町田の実家にも電話したんです。お母さんが出て、今夜は出張で帰らない、と言われました。僕と一緒に出張に行ったとも知らずに。それで、僕、事情を説明しそびれて、わかりました、とだけ答えて電話を切りました。今の今まで忘れていた。あのこと、彼女とも話したことないな」

そして、相場の顔を見て、「すみません」と謝った。

「相場さんに関係ないですよね。なんだか、急に思い出しちゃって」

「いや、かまわないよ。そういうことはよくあることだ」

「女の子が家に帰らないこと？　急に思い出すこと？」

「後の方。だけど、前のこともよくあるけどな」

「そうですね。ははは。町田もまだ若かった、ってことだ。まっすぐ帰りたくなかったのかもしれません。僕もそういう気持ちだったから、よくわかる」

「じゃあ、その時に、彼女と連絡が取れていたら？　なんかあったのか？」

「え」

虚を衝《つ》かれて、仙道は真顔になった。

「考えたこともなかったな。町田とそんなこと。けど、そうですね、僕も何かを期待していたのかな。連絡が取れたら、また、別の人生があったかもしれません。今まで忘れていたようなことですけどね」

仙道は己を懐かしむように笑った。

「歳をとると、こういうこともいろいろ考えられるんですね。昔の自分なら、そんなことあるわけない、って言ってたけど」

「もっと歳とるとさらにわかるよ」

「ええ、だから、こうして相場さんに話せていること、どこか自分もほっとしているんです。ここまでほとんど本当のことは話せなくてきましたから」

仙道は、相場に残りの日本酒を注いでしまうと、自分には新しく、焼酎の水割りを注文した。じっくりゆっくり飲みながら話す、と宣言したような感じだった。

「青井が事件を起こしたのはそのしばらく後です。僕はまだ前の会社にいました。ハイジャックがあったって言って、へえ怖いなあ、なんて他人事に思ってたら、また人事から呼び出しがあった。青井が出した声明文にちゃんと署名があって、すぐに会社の方に照会があったんです。人事部長や総務部長に呼び出されて、前の事の次第を説明させられました。町田はその時はもう結婚して退社していました」

「それが、失踪屋になった理由なのか」

「まあ、そうなんですけど、それからちょっと紆余曲折《うよきょくせつ》があります。僕は理系の大学を出て、技術系の開発部に所属していたんですけど、その後、人事課に移ることになりました。正直、かなり抵抗ある人事異動でした。理系から文系への異動はほとんどないことですから。まわりの人間も驚いていましたね。もともとその仕事をしていた人事の人が、僕が失踪に関する手続きや雑用を滞りなくこなしているのを見て、推薦してくれたと聞きました。でもありがた迷惑な推薦です。とはいえ拒否はできなかった、一応、係長への栄転でしたし」

「失踪の係だって任命されるのか」

「いえ、実際には失踪だけではなく、人事としての業務がありましたので、日々の仕事をこなしながらでした。ただ、バブルがはじけた後で、長いデフレの中で失踪は少なくなかった。ほとんど専属のようなものでしたよ。係長でしたけど、人事の中では末端で、下に部下もいませんでした」

「で、会社をやめたわけだ」

「やめる前に、まだちょっとありました。町田と……青井を迎えに行った町田祐子と、また出会ったんです。そして、お互いがその後、おかしなことになっているのを確かめ合ったんです」

仙道は、はあとため息をついて、水割りを飲んだ。

その時になって、相場は彼の町田の名前を口にする調子が前より自然になったのに気がついた。

「町田とばったり出くわしたのは新橋で、お互い、会社の飲み会の後でした。うまく言えないんだけど、一目で話さなきゃいけない、と思いました。もちろん、愛や恋とは違います。僕も彼女も結婚していましたし、彼女の方はずっと年上の男と大恋愛の不倫の末に彼に家庭を捨てさせた後、結婚していましたからね。あ、だからと言って、町田がふしだらだったり、女っぽいタイプだと思ったらそれは違いますよ。どちらかというと、逆のタイプです。さばさばして、仕事のできるやつです」

「まあ、往々にして、そういうもんだよ」

「何がですか」

「不倫の果てに結婚する、なんていうのは、さばさばして仕事のできる女に多いんだよ」

「そうかもしれません。とにかく、その時は男女のことではなく、話さなければならないと思っていました。彼女の方がどう思ったのかはわかりませんが、誘いに乗ってくれました。それで、僕らは話しました。他の誰とも共有できないこと、青井のことを」

「青井というやつについて、わだかまりがあったんかい」

「彼については、やっぱり、多少の罪悪感を抱いている、という程度のことでした。あの時、自分たちがもっと何かをしていれば、その後の事件を止められたんじゃないかって」

「それはないな」

相場は頭《かぶり》を振った。

「絶対ない。やるだけのことはやった」

「僕らも同意見です。いろいろ考えてみても、あの時は若かったし、あれ以上のことは無理でした。僕らがさらに話し合ったのは、失踪のことでした」

「あんたの、失踪の仕事のことか」

「それもありましたけど、そうじゃなく、失踪そのものについてです」

仙道は長いため息をついて、水割りのグラスを指でこすって水滴を落とし、紙のコースターに染みが広がるのをじっと見ていた。それで前衛芸術ができあがるのを期待している美大生みたいに。

「なんと言ったらいいのか」

「言いたくなければいいよ」

「いいえ、そういうことでなく、他の人に理解してもらえないかもしれないのですが、僕らは……お互い、その時気がついたんですが、失踪に付きまとわれていたんです。二人とも」

「付きまとわれる？」

「はい。青井の事件からこっち、人生を失踪が取り囲んでいるんですよ。僕は仕事だからしょうがないと言われるかもしれませんがそれだけではないし、逆にこういう仕事に任命されたことが失踪に付きまとわれていることの証ですよね」

「その町田という女も？」

「いくつか事件がありました。例えば彼女が会社をやめて、次に派遣社員として勤めた会社の同僚が失踪したのを皮切りに、夫婦で訪れた温泉街で同窓会の団体の幹事が姿を消した。僕の方は乗っていたバスの運転手が公園のグラウンドの真ん中にあるバス停でバスを降りていなくなった」

「ふーん」

「それから……これをちょっと見てください」

仙道は胸元のポケットから定期入れを出し、一枚の写真を相場に見せた。

若い女性と子供二人の、ありふれた家族写真であった。母親らしい女は赤ん坊を抱き、足元にその兄らしい幼児が立っている。

あんたの家族か？　と尋ねようとして、まじまじと見つめてしまった。女の顔があまりにも端整だったからである。二人の子供はごく凡庸《ぼんよう》な顔立ちだったが。

「これは……」

「妻です。美人でしょ」

「ああ。だが」

写真の顔はそう大きくなかった。相場の親指の爪ほどの大きさである。けれど、その輝く美貌《びぼう》は隠しようがなかった。

「変に遠慮したり謙遜《けんそん》したりするのはとうに諦めているんです。うちの妻は美人なんです。背が高かったり、便秘症だったりするのと同じように、そういう性質の人間なんです」

「しかし、これだけ美人だと男がほうっておかないだろうなあ」

半分、冗談めいて口にした言葉だったが、仙道は真面目にうなずいた。

「だから、ほとんど外出しません。もともと地味な性格で、家の中にいる方が好きなんですね。それから、子供の頃からさまざまな異性、時には同性に、誘われ慣れ、断り慣れているんです。三十を過ぎて少しはましになるかと思ったんですけど、ちょっと歳をとったことでより一層誘いやすくなったみたいで、前よりひどいです」

「モデルや女優にならなかったのか」

「双子みたいに似ている従姉がすでにデビューしてますよ」

「あ」

確かに、モデル出身の女優にこんな顔の女がいた。

「どっかで見たことがあると思ったら」

「でも、芸能界に同じ顔は二つはいりませんからね。人前に出るのが好きな性格ではないし。まあ、一種の持病みたいなものですよね。外に出ないようにして、人に必要以上に好意を持たれないよう、関心を引かないよう、用心深く生きている」

相場はもう一度、写真を眺めた。

「どうして、そんな女が僕の妻になったのか、って思っているんでしょう」

「……悪い」

「いいんです。それも失踪が絡んでるんです。妻とは友達が開いた合コンで知り合ったんですが、僕が失踪の係をしていると知って向こうから連絡してきたんです。実は彼女の父親は当時すでに十年以上も失踪したままだったんです。数年前に死亡届を出しました。彼女にとっては僕みたいな人間が気楽だったんでしょう」

「どこに恋愛や結婚の機会があるかわからないな」

仙道は苦笑した。

「町田には他にもあるんですが、それは彼女個人の情報と深く関わりがあるので、僕が勝手には話せないんです」

「いいよ、もう」

「そういうわけで、僕と町田は自分たちが失踪に囲まれていることに気がついたんです。さらに、お互い、もしかしたら、いつか自分自身が失踪してしまうんじゃないか、っていうことを何より恐れていることにも」

「お前が？　何かそんな理由があるのか」

「ないですよ。ないけど、だからこそ、失踪してしまいそうで。誰でも失踪する可能性があると知っている僕らだからこそ。そして、その時にはうまく帰ってこられないのじゃないだろうかということも恐れているのです。僕らの性格として、ふらっと行ってふらっと戻ってこられるとは思えない。たくさんの失踪する人を見ていて、それはわかる」

「なるほどなあ」

「それで、僕らはほとんど冗談のようなものですが、二人で『失踪クラブ』というのを作ったんですよ。だからと言って、頻繁に会ったりしたわけではありません。時折、メールを交換して、もしかして、どちらかが失踪したらお互いを必ず探し出そう、と約束しているだけのことです」

それは、つまり何よりの信頼であり、愛情であるのではないか、と相場は思った。しかし、そう言ったら、きっと仙道は「友情」だと言うだろう。強く否定するだろう。相場は男女の友情というものを端《はな》から信じていなかったし、ここでその議論をしてもしょうがない。

「同時に、僕は少しずつ、自分の会社内の位置に懸念を持ち始めました。会社が期待しているのは、失踪係として、何年も何年も同じ仕事をすることだ、ということがわかったんです。どれだけ経っても、僕の下に部下はいないし、仕事は変わりません。課長になるような将来は見えないし、もちろん、その上など考えられません」

「訴えなかったのか、会社に」

「一応、何年かに一度の人事の面談の時に今後のことについて尋ね、希望も出しました。

元の精密機械の開発に戻りたいと。けれど、改善される気配はまったくなかった。それで、町田に相談したんです。彼女もちょうど、派遣社員の仕事がなくなってくる年齢に達していました。前後して旦那が亡くなり、彼女の提案で、有限会社『失踪クラブ』として起業したんです。もちろん、僕は会社をやめて」

「あんたの奥さんの方は賛成したのか」

仙道はちょっと肩をすくめて、小さく首を振った。話したくない内容のようだった。

「最初はあまり客が来ませんでした。ただ、社名を『(株)失踪ドットコム』に変え、町田がHPで『失踪』と検索すると、うちの会社が上位に出てくるようにすると、テレビで取材されたりして、急に客が増えました。それで何とかやっています。社長は町田です。事務所で事務と経理をやっています。僕が外回りで副社長。名刺には担当部長と書いていますが」

「なるほどなあ」

両腕を組んで、何度同じあいづちを打っているのか、と思いながら相場は言った。他の言葉は見つからなかった。ただ、尋ねた。

「これから、どうなると思う？」

「え」

「これからの日本。失踪者は増えるのか、減るのか。な、失踪屋さんよ」

仙道は微笑んだ。相場はその時わかった。彼は自身で笑おうと心がけずに笑った時、つまり作り笑いでない時、泣いているみたいな顔になるのだ。

「どうでしょうか。増えるかどうかはわかりませんが、減ることはないのではないかと思います」

「だろうな」

「人口自体が減っていきますから一時的に絶対数は小さくなるでしょうけどね」

「ああ」

「あと十年もしたら、老人問題が爆発する。そしたら……」

相場は首を振った。最後まで言うな、という合図のつもりだったが、仙道には伝わらなかったようだ。

「老いも若きも、消える人が増えるでしょう」

「しかし、わかってることもあるよ」

「なんですか」

「人が消えても、探す人間は確実に減るだろう」

二人は見つめ合った。相場の胸に殺伐《さつばつ》とした社会の光景が広がった。

仙道が急に声をあげて笑い出した。重苦しい空気を吹き飛ばすように。

「……困ったな。商売あがったりだ」

「大丈夫。失踪者の数は増えるんだから、分母が増えれば、絶対量も増える」

「そうだといいですけどね」

仙道は完全に氷の融けた、焼酎の水割りを飲みほした。

仙道と高円寺の駅前で別れ、相場は自分の店までの道のり、商店街の中をぶらぶらと歩いた。

「人はいなくなります。そのことは重要なことじゃないんです。戻ってこられるか、失踪者にその素質があるか、その環境が整っているかが大切なんです」

相場はポケットから折り畳み式の携帯電話を出した。まあちゃんに契約してもらい、まあちゃんが使い方を一から教えてくれた携帯だ。ガラケーとばかにされながら、決して機種変更しなかった。

ぱちんと開けると明かりが灯《とも》った。

携帯の明かりというのは不思議なものだな、と相場は思った。真夜中、布団の中にいる時に電話がかかってきて、真っ暗闇の中で開くと暴力的に明るいと思うし、時に頼りないほど小さくも感じる。

今夜は後の方だった。

太い指で用心深く、その番号を探す。

相手は数回鳴って、そして、留守番電話に変わった。

「まあちゃん?」

お電話ありがとうございます、という彼女の声に思わず話しかけてしまった。録音の声なのに。

気取った声を出しやがる、と悪態をついた。

「まあちゃん、元気か」

改めて、機械に向かって話しかける。

「どうしてるか、と思ってね。それから、あのこと……最後に話したあのことについて、いろいろ考えたんだよ、俺なりに」

ふうとため息をついて、いや、そんなことをしているとすぐに終わってしまうんだった、この機械はと慌てた。

「お前が言ってた生き方……なんのために生きているのかってこと。俺はね、最近、思うんだよ。結局、ロンダリングなんじゃないかって。ロンダリングっていうのはさ、都会の止まり木みたいなものじゃないか。人間関係や貧乏に疲れた人や病んだ人が、どうしようもなくなった時に休んでくれるための仕事なんだよ、あれ。

昔からそういう仕事はあったと思うんだよ。新聞配達とか清掃とか、人とあまり深くかかわったり、付き合ったりする必要がなくて、資格もいらない仕事。そこでこんがらがった自分の中のことと外のことを整理するような仕事。ロンダリングは体も心も弱ってしまって、新聞配達や清掃もできない人のためのそれになるんじゃないかね。

わかるか？」

その時、ぷーっという機械音がして留守電の録音が終わってしまった。慌てて、再度ダイヤルする。

「悪い。続けるぞ。俺はそういう仕事を生み出せた。なんか、それだけでいいんじゃないかと思うんだよ。

だから、まあちゃんにもな、ありがとうって言いたいんだよ。俺が考えたけど、それをちゃんと確立したのはお前だ、まあちゃんのおかげだよ。

ありがとう。

だから、俺は待つよ、まあちゃんが戻ってきてくれるまでな。

じゃあな、ありがと」

電話を切って、相場は空を見上げた。

居酒屋やパチンコ屋の明かりに照らされて、星は見えなかった。

あれかな、重いってやつかもな。若い子にしたら、待たれるのは重いって言われるかもしれない。

ちょっと反省した。

まあ、許してもらうことにしよう。俺もそう長くはないし。

そして、相場は携帯電話をぱちんと閉じて、それをポケットに入れて歩き出した。

昔の仕事

「りさ子さん」

店のすみを掃いていたりさ子は、亮《りょう》の声で振り返った。

「今日の日替わり、和食はさんまのかば焼き、洋食の方はチーズハンバーグでお願いします」

今日はさんまの塩焼きじゃなかったんですか。

声には出さずに亮の方を見た。昨日、そろそろ、いいさんまがでるなあ、塩焼きにしようか、と言っていたから。

「今日はいい生さんまがなくて。ものはあるにはあったんですが、ちょっと高かったんですよ。冷凍を仕入れたから、開いてかば焼きにしました」

りさ子のまなざしに表れた疑問を読み取ってくれたのか、彼はそう答えた。

「わかりました」

りさ子はうなずくと、外に出て、店の壁に立てかけてある黒板に、亮の言う通りのメニューを書いた。

立ち上がって背中を伸ばす。空が高い。すっかり秋の日差しだった。

「りさ子ちゃん、おはよう」

自転車に乗って通りかかった、近所の畳屋が声をかける。りさ子は目元だけほころばせて目礼した。

店内に戻って、椅子をテーブルから下ろし、その上を拭《ふ》いた。

亮の方をちらりと見やると、カウンターの中で下ごしらえをしている。

変わらない。

「富士屋」で働くようになって四年が経ち、りさ子は三十二から三十六になった。

亮の父親が二年前に亡くなって、りさ子は請われるままにロンダリングの仕事をやめ、定食屋での仕事が専業になっている。

変わったのはそのくらいで、日常のタイムテーブルは変わらない。あれからずっとこの生活を続けてきた。

「相場さん、何時に来るんでしたっけ」

亮の声にはさりげなさを装っている雰囲気があった。

「一時過ぎです。ランチのお客さんが引けた頃来る、って言ってました」

「じゃあ、かば焼きを置いておかなくちゃな」

「かば焼きかしら」

りさ子は何気なくつぶやいた。

「え」

「社長はチーズハンバーグを食べたいと言われるかもしれません。意外に好みが若いから」

「……そうですね。でも、この間、いらっしゃった時、鯖の味噌煮《みそに》を食べていたから、あの方も味覚が落ち着いたのかな、と思いました」

よく見ているし、よく覚えている。亮はそういう人だ。

「確かに、そうかもしれません」

「いえ、りさ子さんの方が、社長についてはよくご存知でしょうが」

「そんなことありません」

「そんなことあります」

二人は顔を合わせて、ほんの少し笑った。

相場は何かある時しか来ない。この間来たのはちょうど一年前、彼の娘が離婚して三人の子供と共に実家である相場不動産に戻ってくる、ということを報告しに来た。報告というより、愚痴に近かった。帰り、店の前までりさ子が見送りに出ると、耳元で「いつでも高円寺に戻ってきてくれていいんだから」とささやいた。

「ロンダリングですか」

「いや、それはどちらでもいい。あんたが他で働きたくなったらいつでも声をかけてくれ。実家だと思って」

あれは、帰る家のないりさ子を気遣っての言葉ではあるが、一方で孫の面倒も見なければならない彼が仕事を手伝ってほしいと思っていたのも確かのようだった。

相場を送って店に戻ると、人けのない店の中で、亮はカウンターに座って待っていた。

「相場不動産に戻れと言われたのですか」

どうしてわかったんだろう、と思いながら、ええ、と下を向いた。

「どうするのですか」

「今は無理です、と言いました」

「……行きたくない、ではなく、無理だと言ったのですか」

りさ子は答えずに、亮の顔を見た。

無理だからここにいるのですか、あなたがここにいないと店が立ち行かないから断ったのですかと、彼の表情は言っていた。微小な非難が混じっていた。声に出して言われることはなかった。

先月、まあちゃんが故郷に帰ったという連絡はきた。

相場は何を言いに来るのだろう。

「俺もさ、老けたなあ、歳とったなあ、って思う、毎日。ほぼ毎日」

相場は飯を食べながら、また愚痴っていた。

彼が選んだのは、ハンバーグでもかば焼きでもなかった。日替わりで悩んだ挙句、壁に貼ってある通常のメニューに目を移してさらに迷い、結局、亮に「チーズハンバーグにかば焼きを少しつけますか」と提案されてやっと決めた。

「俺、このチーズハンバーグってやつが大好きなんだよ。ファミレスなんかで初めて食べてさ。昔はなかったよな、こんなの」

相場は箸でそれをちぎって頬張った。

亮に目で合図されて、りさ子はカウンターの相場の隣に座った。

「だけど、医者には魚を食えって言われているし」

「検査にでもひっかかったんですか」

「いろんな数値がすべて少しずつ高いんだ。で、医者からはとにかく魚の定食を選べって。魚ならなんでもいいから」

「じゃあいいんですか、そんなの食べちゃって」

「まあ、たまにはいいさ」

そして、また愚痴に戻った。

「まあちゃんが来てさ、あいつを一人前にしようとびしびししごいていた頃が一番元気だったよな、俺。それから、あんたたちと、丸の内のタワーマンションに乗り込んで行った時」

相場は箸を置いて、大きく息を吐いた。

「あの頃、俺は輝いていた」

遠くを見る目つきで言う。

りさ子は、彼の芝居がかった口調も目つきもわざと作っているのを知っているので言った。

「社長は乗り込んでいませんよ。入り口で別れましたから。乗り込んだのも……あれが乗り込んだと言えるなら、私です」

「あんた、結構、身も蓋《ふた》もないことを言うよな」

カウンターの中の亮が噴き出して、りさ子は彼がなんの含みもなく笑うのを久しぶりに見た、と思った。

やはり、少し嬉しかった。

乗り込ませてよお、乗り込んだと言わせてちょうだいよ、と相場は情けない声を出して、りさ子も笑ってしまった。

相場が言うのもわからないではなかった。

前の結婚にやぶれて、無一文で家から追い出され、高円寺の街で部屋を探してさまよっている時に助けてくれたのが相場だった。

りさ子をロンダリングする人（最近は「影」というらしいが）として雇ってくれ、ご飯を食べさせ、家具を買いそろえ、生活を取り戻させてくれた。まあちゃんと一緒に。

確かに、当時の彼は元気だった。すでに老人だったが精悍《せいかん》な顔つきで生気と自信にあふれていた。この仕事で東京を乗っ取ろうとたくらむぐらいの野望さえ見え隠れし、下手をすると若い女にも手を出しそうな色気があった。

しかし、今の彼はどうだろう。

孫の話を楽しげにする様子は好々爺《こうこうや》にしか見えない。たった四年で人はここまで変わるのか。

長い間彼に反発していた娘が出戻ってきたことは、やっぱり嬉しかったのだろう。一つの要因だ。とりあえず、彼が幸せそうならそれでいいことじゃないか。

「どうだい、こっちの景気は」

「なんでも高くなっちゃって、ひーひー言ってますよ」

亮と相場ののんびりとした声は心地よかった。

「定食の値段、少し上げてもいいんじゃないかねえ。五十円上げても罰《ばち》は当たらないよ」

「どうでしょう。このあたりは昔から来てくれるお客さんばかりだから。コンビニ弁当や格安の弁当屋さんに比べられるから、まだやっぱり値上げはできませんよ」

「早いかね」

「それでも、一時期よりはまだましです。そこの角に二百九十円の弁当屋ができた時には正直どうしようかと思いました」

「二百九十円とはすごいね。高円寺では全国チェーンのスーパー以外は無理だ」

「二百九十円は鶏カツ弁当の一種類であとは三百九十円と四百九十円でしたし、鶏はブラジル産の胸肉でしたがとても太刀打ちできそうになかった。でもあれは作っている人も大変だったでしょう。粗利はわずかで重労働ですから。円安で今年に入ってから百円値上げして、それからお客さんがぱったりいなくなり、春にはつぶれました。そのおかげと言ったらなんですけど、うちもお客さんが戻ってくれて」

日頃になく亮が饒舌《じょうぜつ》なのは、相場に気を遣っているからなのか、用心しているからか。

「まあ、なんでも景気が良くなって、仕事が増えたら、その方がいいよ。俺はあのデフレってやつは大嫌いさ。家賃がぜんぜん上がらない」

「そうですねえ」

ハンバーグとさんまの定食を食べ終わると、相場はちょっと改まって、りさ子の方を向いた。

「今日来たのは、ほかでもないんだ」

亮が遠慮して、さりげなくエプロンをはずし、店の奥に入ろうとするのを止めた。

「亮さんにも聞いてほしい。正式なオファーだから」

「オファー。ずいぶん、かしこまっていますね」

「ああ」

りさ子がちょっとからかっても、相場は笑わず、淹れ替えた茶を飲んだ。

「実はさっきの話の続きにもなるが、景気が少し良くなったためか、他に理由があるのかわからないが、ロンダリングの『影』が減ってきている。希望者も少ないし、いたとしても、他の職を見つけてやめてしまったり、すぐにいなくなっちゃうことがこのところ、続いているんだ」

「そうなんですか」

「ああ、俺やまあちゃんの見立てが悪かったのかもしれない。歳も取ったしな。とにかく、ロンダリングをしてくれる人間の手持ちの駒が今、いないんだ。安定して頼める人材がいねえ。何人かロンダリングしてもらっているが、いついなくなってもおかしくないような、やわな連中ばかりだ」

りさ子は相場が次に言うことがわかるような気がした。

「それでだ。今やお幸せに暮らしている、りさ子さんには悪いんだが……しばらく、仕事を手伝ってくれねえかね。一つ二つ、ロンダリングをやってほしいんだ」

「限定的に、ということですか」

急に亮が口を挟んできて、りさ子はそちらを見た。真剣な面持ちだった。

「そう、限定的。まあちゃんがいなくなって、俺もロンダリングしている人間にこまめに気を配るのがむずかしくなってきた。店の方もあるし、孫もいるしな。あの子が帰ってくるか、あの子の代わりになるような子が見つかるか、それまでの間、またロンダリングをやってくれないか。頼む」

りさ子は、頭を下げた相場から亮に視線を移した。彼は無表情だった。

「二人で話し合って決めてくれればいい。すぐにとは言わねえよ。ここの仕事もあるのは、よくわかっている。決まったら、連絡してほしい」

そして、相場は帰って行った。


「富士屋」の夜の営業が終わると、洗い物と店の片づけが待っていた。

一番大変な作業でもあったが、りさ子の好きな時間でもあった。雑然とした調理台や洗い場が整えられ、皿もコンロもピカピカに磨き上げられる。汚れたもの、残り物はポリ袋に詰められ、外に出される。しかも、亮とは完璧に役割分担が決まっているから、何も話さなくても仕事に滞りがない。

しかし、その夜はあまり心地よい時間とは言えなかった。

亮はむすっと黙っているのに、何かを言いたそうな雰囲気を全身に漂わせている。

こちらから聞くことにした。

「どう思います？　相場さんの話」

亮は答えなかった。

「どうしても必要なら、休みに手伝ってくれた学生さん、また、お願いすることもできますよね」

長期の休みの時だけ、アルバイトに来てもらっている、近所の美大の女子学生がいた。気立てのいい子だし、ここの仕事もわかっている。

「もう決めているのでしょう」

「え」

「どうするのかは、自分で決めているのではないですか、りさ子さんは」

「そんな」

「僕が何を言おうと、あなたはすることは自分で決める。昔からだ」

「意見を聞いたら、いけませんか」

亮はコンロを磨いていた手を止め、りさ子の方に向き直った。

「はっきり言えば、反対です」

「そうですか」

りさ子は皿を取り上げて、拭き始めた。

「ほら、僕がちゃんと答えたのに、それだけでしょう」

「いいえ。ただ、反対なのかと」

「僕は心配しているんです。あの仕事で、りさ子さんは前にも一度……」

亮は言葉を切った。

「なんと言っていいかわかりませんが……あなたは持って行かれそうになった」

確かに、りさ子は、相場も言っていた、丸の内のタワーマンションのロンダリングをしていた時、そこに閉じ込められ、「持って行かれそう」になった。外出を制限されて、生気を吸い取られ、無気力で動けないような気分に。

「あれは特殊な事例でした」

「ええ、もちろん、特別、特殊なんでしょうよ」

亮は特殊、というところに妙な力を込めて発音した。

「ロンダリングが特殊でないならね。でも、あなたが少しおかしくなったのは確かだ。僕はまたああいう事態になったらどうするのかと思うのです」

「心配してくれてありがとうございます。だけど、相場さんにはお世話になったし、今日もずいぶん歳を取られた感じで、びっくりしました」

「歳を取ったというなら、僕らも歳を取りましたよ」

彼は使っていた布巾を投げ出すと、店の奥に入って行った。

亮が言わんとしていることはよくわかった。

二年前、ここに専属で来てくれないか、と頼まれた時に、正式に結婚を申し込まれた。もちろん、それまでもそのことはたびたび匂わされていたし、彼の好意も知っていた。その時、「まだ待ってほしい」と答えたのは、正直な気持ちだった。ここで亮と仕事をしているのは楽しいし、彼を男性としても好きだ。けれど、結婚となると、どこかためらいがある。りさ子はすでに一度それに失敗している。

今は亮の父親の代わりとして毎日、身近で働いている。それはまさに家族ではないか、結婚以上のつながりではないか、とも思う。りさ子は結婚を知っている。それは本当に、未婚者が思っているよりもたいしたことがないものだ。よく紙一枚の結びつき、なんて言うけれど、実際、今のりさ子や亮の関係よりずっと薄い、ずっとむなしい結婚だっていっぱいあるのだ。そんなこと言わなくても、結婚しなくても、わかってほしい。なぜ、彼がわかってくれないのか、疑問だった。

けれど、亮はこの二年間、折に触れて不満を言い、匂わせてきた。最近でははっきりと怒りさえあらわにする。

りさ子は亮が洗い場に捨てて行った布巾を取り上げ、丁寧に洗った。コンロを拭いたもので、油と焦げがこびりついていた。強い洗剤を使い、熱い湯を何度も替えて汚れを落とした。素手だったので手のひらから脂気が抜けた。

それを片隅の、布巾掛けに丁寧に干した。

こういうこと、一つ一つが「気持ち」ではないかと思う。相手のためにしてやること。その積み重ね。

りさ子は店の奥に入って、髪を包んでいる三角巾を取り、白衣を脱いだ。

二階に上がって、亮の部屋にふすま越しに声をかけた。

「片付け、終わりました」

返事はない。

「……数か月、行かせてもらえませんか。それだけでいいので。やっぱり、相場さんにはお世話になっているので」

ふすまの向こうからは、彼が身動《みじろ》ぎする音がした。りさ子はそれを承諾と受け取った。

二年前に亮の家に持って来たボストンバッグと小さなスーツケースでそのアパートの前に立った時、りさ子はこれまでの二年間がすべて夢の中のできごとだったと思えるぐらい、違和感を感じていない自分に気づいた。

亮のことも、「富士屋」のことも全部嘘で、自分はずっとこの仕事をしていたのか、と錯覚するほど、当時の感覚に引き戻された。

ロンダリングする部屋は二階建てアパートの上階、二〇三号室だった。かんかんと鉄の音を響かせて、スーツケースを引き上げた。

相場から渡された鍵で木製のドアを開ける。

これまでと同じように部屋はきれいに掃除され、消毒されて、事故の跡はなかった。

「今回の仕事はちょっと変わってる」

ここに来る途中、寄ってきた相場不動産で、相場に事情を説明された。彼は店のカウンターの隅に置いてある、小型の冷蔵庫からペットボトルを出して、りさ子の前に置いた。冷蔵庫は初めて見るものだから、最近、買ったのだろう。

「まあちゃんがいなくなってから、茶を淹れるのがおっくうになっちゃってな」

りさ子の視線に気がついて、彼は言った。

「連絡、ないんですか」

「うん。時々、留守電に入れているんだけど」

相場は見慣れた黒い紙のファイルから一枚のコピー用紙を出した。

八畳間にキッチンとバストイレ。ありふれたアパートの間取りだった。

「築十三年、南向き、南阿佐ケ谷駅から徒歩十二分。家賃七万五千円管理費込」

ロンダリングの前には必ず、その部屋の詳細な事情を聞く。ちゃんと理解した上で入居するのが絶対条件だった。

「先月、男の死体が見つかった。部屋の真ん中に大量の薬を飲んだ男が丸くなって死んでいた。鍵は内側からかかっていて、遺書はないけど、自殺ということを隠しもしない自殺だった。夏だからすぐに臭って発見が早かったんだ。警察が来て、事件性はないと判断された。身元もすぐにわかった。ちゃんと本名で借りていたから。橋本直樹《はしもとなおき》、四十七歳、平凡なサラリーマンだ。身元もしっかりしている。ただ、いくつかわからないことがあった」

そこで相場はりさ子の顔を見た。そのまま何も言わないので、仕方なく、尋ねた。

「なんですか」

「部屋の中にはほとんど家具がなかった。小さなベッドと寝具だけ。冷蔵庫もキッチン用品もなし。生活している様子がまるでなかった」

「そうですか」

「相変わらずだな。りさ子さんは何を聞かせても驚いたり、怖がったりしないから、話し甲斐《がい》がない」

りさ子は肩をすくめた。そう言いながら、相場はどこか楽しそうだった。

「調べてすぐにわかったのはその男、橋本にちゃんと家族がいて、郊外に一軒家まで持っていたことだ。専業主婦の妻に子供が二人。絵にかいたような家族だった。妻はそのアパートについては何も知らなかった」

「仕事が忙しくて家まで帰れない時に使っていたんじゃないですか」

「遅くなることはあっても外泊することはほとんどなかったそうだ。仕事用なら、なぜ家族に黙ってたんだ」

「じゃ、女。密会用に借りて、何かうまくいかなくなって、男が自殺したんでしょう」

「だろうな」

相場は口の端を曲げた。りさ子は、自分も同じような表情だろうと思った。

「今のところ、その女は名乗り出ていない」

「名乗り出るわけないでしょう。私が愛人ですよって、言うんですか？」

「ちゃかすなよ。橋本がそこを借りるようになって一年ほどだ。近所の人も、橋本が出入りするのは見ても、女の影は見たことがないそうだ」

相場は鍵を取り出して、りさ子に差し出した。

「たぶん、りさ子さんにならむずかしい仕事じゃない。ただ、そんなわけで女が見つかってないのだけが気にかかる。注意して入るように」

うなずいて、鍵を受け取ろうと手を出すと、相場は鍵を引っ込めた。彼の癖だ。

「亮さんはなんて言ってる、ロンダリングのこと」

「別に」

「賛成してないんだろう」

「まあ、そうですけど」

「恨まれそうだな」

「大丈夫です」

「あんた、そういうところがいけねえよ。そういう態度が男を逃すんだ」

「そういうところって？」

「全部、自分がわかってる、みたいなところ。わかっていても、わかんないふりして、頼らないと」

それをさせているのは相場本人ではないか。

りさ子は黙って鍵を奪うと、店を出てきた。

ロンダリングする部屋をざっと掃除して、スーツケースの中身を作り付けのクローゼットに移すと、何もすることがなくなった。

久しぶりだった。この何もすることがない、感覚。四年前までずっとこんな感じだった。亮と出会って、「富士屋」で働くようになるまでは。

何をしよう。昔の自分は何をしていたんだろう。一人の部屋で。

しかし、戸惑ったのは数日で、りさ子はすぐに、読書とラジオを友にする、夜型の昔の生活に戻った。

食事は、近所の定食屋やファミレス、ファストフードを一通り回った後、結局、一番近くのコンビニで適当に買ってきて済ませることが多くなった。本は徒歩十分ほどのところの図書館に借りに行った。以前はもっぱら海外ミステリーを読んでいたが、今は日本のミステリーがおもしろい。

他に前の時と違うのは、日課に散歩を加えたことだ。

涼しい朝か夕方、近所をあてどなく歩く。善福寺川《ぜんぷくじがわ》緑地をどこかで経由し、飲み物を買ってベンチで本を読んだり、川を眺めたりした。

散歩するようになったのは、亮からの強い勧めがあったからだ。

彼は以前、りさ子がロンダリングをしていた時と同じように一日に一回必ず電話して来て、何を食べているか、何をしているか尋ねる。そして、少しでもいいから体を動かすようにくどいぐらい念を押した。

それをうるさいと思いながら、罪悪感も抱くりさ子にとって、散歩はいい解決策だった。亮からの電話に、今日どこを歩いたのかということを話せるし、ちゃんと彼の助言に従っているということで罪悪感も和らぎ、何よりなかなか楽しい。

朝起きると、たいてい、十時を過ぎている。水を飲んで顔を洗う。前日に買ったパンでもあれば食べるし、なくて腹が減っていれば歩いて五分のコンビニで買ってくる。しかし、ほとんどの場合、何も食べない。ラジオをつけて掃除をしたり、本を読んだりする。また眠くなれば寝る。昼より少し前に本格的に起きて、シャツにジーンズ姿でコンビニまで行く。昼前に行くのは、その時が一番、品ぞろえがいいからだ。適当に弁当か握り飯、飲み物を買って部屋に帰り、食べる。本を読んだり、散歩をしたりして午後を過ごし、夜ご飯は時には近所のレストランまで歩いて行って(こちらも六時前の早めの時間に行く。空《す》いているから)ご飯を食べる。また部屋に戻ってきて、ラジオを小さくつけて、本を読む。

その女がやってきたのは、そんな一日の時間割が確立した頃だった。

朝、夢の中で、こつん、こつん、と何かが当たる音がした。初めてのような、どこか懐かしいような、身の危険を感じるような、不思議な音で、ぼんやり目が覚めた。音がし始めてから長い時間が経った気がしたが、実際には数分、というところかもしれない。りさ子はその音が、窓に小石がぶつかっている音のようだと思った。

目をやると、実際、何かがガラス戸に当たるのが見えた。体を起こし、こわごわと窓を開けた。

若い女がこちらを見上げていて、何かを投げようとしていた。りさ子の顔を見て、慌ててやめる。

「こんにちは！」

そんな原始的で乱暴なアプローチにもかかわらず、階下にいたのはきちんとした服装の美しい女だった。黄色いスーツを着ていた。

「こんにちは！」彼女はもう一度くり返した。

「……こんにちは」

りさ子もしょうがなく、答えた。

「そっち、行ってもいいですか？」

困ります、と言う前に、彼女は駆け出していた。

りさ子は振り返って、部屋のドアを見た。あの女が叩くドアを。

どうしよう。あれは誰だろう。入れていいのだろうか。相場に連絡するべきではないか。

昔も、こういう時に彼に連絡せず、怒られた。あの時来たのは、元の住人の恋人だった。彼が死んだのを知らないで来たのだ。

そこで、はっと思い出した。今度もまた、ここを借りていたという男の愛人ではないか。

しかし、それにしては若い気もするし、あまりにも朗らかで明るい。もしかして、彼女も彼が死んだのを知らないのではないか。

はたして、ドアは叩かれた。女と同じように元気いっぱいの音で。
ト、トントントン。
リズムまでついていた。

りさ子は迷ったまま、髪を手で押さえて整え、部屋着のジャージ姿のまま、チェーンは外さずにドアを開けた。

「こんにちは！」

女は満面の笑みで、また挨拶し、ドアの隙間から顔をのぞかせた。

「どなたでしょうか」

「失礼しました！　私、栗木、と申します。山羊座のO型です」

合コンの席ならともかく、今の場面では適切でない自己紹介だと思いながら、りさ子は尋ねた。

「どのようなご用件でしょうか」

「あ、私、ここに住んでいた橋本さんの知人です」

愛人ですか、という質問をすべきか否か、それとも橋本氏のことを説明すべきか迷って、りさ子は言った。

「……橋本さんはもう住んでません」

「知ってます！」

栗木は元気に言った。

「私、橋本さんのこと、知ってますから。会社の部下でしたから」

「そうですか……で、どのようなご用件ですか」

「ここの部屋のこと、橋本さんのこと、ご存知なんですか、ちゃんと」

「ちゃんと、と言いますと？」

「自殺したんですよ、橋本さん」

もちろん、それは知っていたが、彼女の屈託のない表情や声の調子のせいで返答に詰まり、ただじっと相手の顔を見た。しかし、栗木は悪びれずにその視線を受け止め、

「ちょっとお聞きしたいことがありまして」と言った。

十五分後、りさ子は彼女と一緒に善福寺川緑地を歩いていた。家に入れてください、と単刀直入に頼まれたのを、今は片付いていないからと断って、そこで話をすることにしたのだった。

死んだ橋本氏の知人だということでここまで来てしまったものの、考えてみたら、物事が何か解決したわけではなかった。

相手がどのくらい事情を知っているのか、知っていたところでどこまで話していいのかわからないし、何より狙いがわからない。

りさ子はいつもと同じ作戦でいくことにした。ただ、無言で相手の出方を見るだけという方法だが、いつも有効だった。

しかし、栗木の方も何も言わず、横を歩いている。

沈黙が橋から橋の間、二百メートルぐらい続いたところでやっと口を開いた。

「どこから話したらいいのかわからないし、だいたい何を話したらいいのかもわからないのですが」

そんなことをここまで来て迷われても困る。こちらを呼び出したのは彼女なのだから、ちゃんと決めてきてほしい。

りさ子はこの人の妙な明るさと、何事にも動じない雰囲気はどこから来るんだろう、と考えていた。

自分の若い頃を思っても、このくらいの二十代の頃はもっとあやふやだった。自信が持てなかった。会社で電話ひとつ取る時にも、語尾が震えたり、細くなったりして、上司によく怒られたものだ。

だけど、この女、栗木は語尾がやけにしっかりしている。

誰かに似ている、こういう話し方を前にも聞いたことがあった、とりさ子は考えて、わかった。何度もオリンピックに出て活躍している女子選手の口調に似ている。テレビなど人前で話すことに慣れているし、自信もあり、自分が人々に好かれていて何を期待されているのかよくわかっている人。

そして、何かの「使命」を持った人。「命令」と言ってもいいかもしれない。

「橋本さんについてはどのくらいご存知なんですか」

と、栗木が尋ねた。

「ちゃんと不動産屋に説明をされましたから」

りさ子は言葉を濁した。

「では、お話ししても大丈夫ですよね。橋本さんはあの部屋を自宅とは別に家族には内緒で借りていました」

「うかがっています」

「どのような用途で借りていたか、知っていますか」

「そこまでは存じません」

「たぶん、今、あなたが思っていることとは違うと思います」

「私が思っていること？」

「たぶん、愛人か何かがいるのかと思っているのでしょう」

りさ子はまた黙った。肯定ということが伝わってもいいという沈黙だった。

「それは半分正解で、半分はずれです」

どういうことなのだろう。

「橋本直樹はわが社の命を受けてあそこを借りていました。会社の業務のために借りていたのです。でも、彼はそれを悪用して、時々、女性を連れ込んだりしていたようです」

「そういうことですか。では、亡くなったのはそのせいで？」

「いいえ、もちろん、それだけのことで彼を死に追い込むほど、うちの会社は厳しくありません。ただ、それに気がついた時、厳重に注意したみたいですけど、罰したり叱責したりするほどではありませんでした」

「そうですか」

「私は橋本課長の部下でした。結構、お世話にもなったんです。悪い方じゃなかった。ちょっと軽くて、だらしない人だったけど、仕事はできたし」

「あなたが愛人じゃないんですね」

その口調で確信できたので、りさ子はやっと尋ねた。

「まさか」

栗木はけらけら笑った。

「お相手は同年代の人だったみたいですよ。同窓会で一緒になって再燃した、みたいな」

「なるほど」

しかし、どうしてこの人は来たんだろう。

「私、ずっとあの部屋を見ていたんです」

栗木はりさ子の心の声が聞こえたかのように説明した。

「橋本さんが亡くなってから、なんだか、ずっといろいろ考えてしまって。私、こんなに身近な人が亡くなったの、初めてなんです。親が若い時に結婚したから、おじいちゃんやおばあちゃんも若くて、元気で健在です。だから、ある日突然、これまで一緒にいた人がいなくなるのって不思議な感じで。しかも課長は自殺でしょ。それで、時々、このアパートに来たんです。部屋がどうなっているのか興味あったし。で、あそこから小さい石を投げるのが日課になっていました」

それで石を投げたのか。理由はわかっても不信感はぬぐえなかった。

「あ、大丈夫です。石はあくまで小さいものですから、ガラスを壊すようなことはないです」

ガラスを割らなければいいというものではない。

「私、心のどこかで考えていたんですよね。石を投げながら、課長の気持ちにそれを投げているみたいな感じだなって。どうして死んじゃったの？　どうして女を連れ込んだりしたの？　どうして相談してくれなかったの？　とか、コツコツ当たるたびに、課長の心に尋ねている気がしていました。そしたら、あなたがいたんです」

「そうですか」

「どうしてあの部屋に住んでいるんですか」

りさ子は迷った。ロンダリングのことを話していいものか。しばらく迷って、話さないことにした。栗木は悪い人間ではなさそうだが、信用もできなかった。

「別に気にしませんから」

そっけない口調で言った。

「ここに住まない方がいいと思いますよ」

単刀直入に栗木は言った。それまでと同じように、朗らかに、明るく。

「ただ、人が死んだから、というだけじゃないんです。あの人は……橋本課長はまだあの部屋に気持ちを残していると確信しています。だから、誰も住まない方がいいんです」

「どうして、そういうことを言うんですか」

「私、実は霊感が強いんです」

「そうですか」

りさ子が驚きもせずにうなずくと、彼女は残念そうな顔になった。りさ子は尋ねた。

「そういうこと、これからも続けるつもりですか」

「え」

「これからも、ここに訪ねてきて、私以外の住んでいる人にも言うんですか」

めずらしく栗木はすぐに答えなかった。思いがけない問いのようだった。

「わかりません。でも、あなたはいい人みたいだから、忠告した方がいいと思って」

それから、栗木は取ってつけたように、自分の祖母が東北出身でイタコではないが、霊感の強い人間で、イタコにスカウトされたことがあるような人間であることなどを語った。

「おかしな女が来たんです」

彼女が来た時に連絡しなかったことをとがめられるかもしれない、と思いながら、相場におそるおそる、電話で報告した。

「だから、そういうことするなよ。前も言っただろ」

案の定、彼は怒った声をあげたが、このところ、手が足りないためか、あまり厳しくなかった。

「で、どういう女だったんだよ」

「部下と言っていましたが、本当かどうか。ちょっと気持ち悪い感じなんです」

「ふうん。電話というのもなんだから、一度、こっちに来て説明してくれ」

それで、りさ子は電車に乗って、相場不動産のある高円寺まで行くことになった。

電車に乗っていると、思い出した。前にロンダリングしていた時にも、こうして中央線に乗って相場の店まで行った。たいがい今と同じ平日の昼間だから電車は空いていて、のんびりしていた。

そういう場所にいることは、自分が社会から少し離れた場所にいることを改めて感じさせた。

店に着くと、相場は一人でカウンターの前に座り、メガネをかけてパソコンをにらんでいた。

「悪いな、来てもらっちゃって」

「パソコン、できるんですか」

「まあちゃんに教えてもらったから、まあ触る程度は。あんたは？」

「いちおう、会社員でしたから、まあ、同じです。触る程度なら」

「そうかい」

相場はぐるりと椅子を回して、りさ子の方に向き直った。疲れたように肩をもむ。

「で、女ってのはどういうやつだったんだ」

りさ子は現れた栗木のことを、見た目やしぐさも含めて、ざっと説明し、彼女が訪ねてきたり石を投げたりした理由も話した。「ここにいるのは良くない」という言葉も付け加えた。

「まあ、つじつまは合うな。ぎり、合う」

「ええ」

「でも、気にいらねえな。本当に部下なんだろうな」

「どうでしょう。そう言ってましたが」

「名刺、もらったか」

「ええ」

りさ子は栗木がくれた名刺を見せた。相場はファイルを取り出して、しげしげと比べる。

「一応、会社名や部署は合っているみたいだ」

「じゃあ、やっぱり部下ですかね」

「ちゃんとしているふうにも見えるが、この程度の名刺なら簡単に作れるようにも見える」

「そんなことする理由、あります？」

「まあ、その辺はちょっと調べさせるよ」

「できるんですか」

「そういう調査に詳しいのがいるから、聞いてみる。りさ子さんのところにも話を聞きに行くかもしれない。その時は事前に連絡させる」

「わかりました」

「で、大丈夫か」

「なんですか」

「変な女が来て、いろいろ、おかしくなってないか。前みたいに」

相場が心配してくれるのはわかるが、あまりそういうことを言われるのは嬉しくなかった。前だって、そうひどく調子を崩したわけではない。それなのに、彼はしつこく心配する。

「大丈夫です。以前、ロンダリング中に前住人の知人が訪ねてきた時と違いますから。あの人は亡くなった人に強い思い入れがありましたが、今回の人はそういう感じじゃなかったですし」

「そうか。ならいいが」

「だから、戸惑っているのかもしれません。死んだ人の家に来るのって、かなりのことです。なのに、彼女は」

「どうだった？」

「明るかった。というか、言っているほど、橋本さんに執着したり、心配したりしている様子はありませんでした」

「そうか。とにかく、気をつけろ。気軽に会うな」

「でも、私が会ったからこうして説明できるわけですし、会わなかったら、ただ、変な人が来た、というだけでどうすることもできないわけで」

「まあな。あんたはいろいろ修羅場をくぐっているからわかるけど」

とにかく、ちゃんと調べてみるから、と相場は請け合ってくれた。


調査は仙道という男に頼んだから、そのうちあんたの部屋にも行くかもしれない、という連絡が数日後、相場からあった。

「探偵かなんかですか」

「いや、ちょっと違うけど、調査には詳しい人だから」

仙道が訪ねてきたのはその翌日だった。

コツコツ、という控えめなドアの音を聞いた時、りさ子はまた栗木が来たのかと思ってぞっとしたが、ドアののぞき穴から男が立っているのが見えてほっとした。

「どちら様ですか」

「相場さんからご連絡があったと思うのですが、仙道と申します」

「はい。伺っております」

りさ子はドアを開けて、部屋に招き入れようと体を斜めにしたが、彼は微笑んで首を振り、「外で話しましょう」と言った。

駅前まで歩き、「ここにしましょうか」と仙道が指差して、純喫茶と呼んでもよさそうな古い店に入った。

仙道はブレンドコーヒーを、りさ子はクリームソーダを頼んだ。

注文の品が来るまで、たわいない話をした。

「クリームソーダがお好きなんですか」

何年も飲んでないな、と彼はつぶやいた。

「こういう店に来て、メニューにあると必ず頼むんです。次に出会えるのがいつかわからないですから」

出会える、か、確かに、とうなずいた。笑顔が亮と少し似ている。

「ミルクセーキでもいいんですけど、店の卵が新しいか、わからないですから」

「ああ、ミルクセーキも飲んでないな」

注文の品が届くと、本題に入った。まるで、落語家が枕から噺《はなし》に入る時羽織を脱ぐように、スーツの上着を、りさ子に「いいですか」と許可を取って、脱いだ。

ふっと結婚していた頃を思い出した。亮はほとんどスーツを着ない。サラリーマンが身近で服を脱ぐところを見るのは久しぶりだった。

「どうしました」

必要以上に彼の体を見つめてしまったかと、りさ子は頬を赤らめた。

「いえ、すみません」

「これから僕が話す件については、すでに昨夜相場さんに報告してあります。今朝、社長もこちらに来て、一緒に話したいとおっしゃってたのですが、やはり店を空けられなくて、僕が一人で来ました。りさ子さんには、申し訳ないと謝っておいてほしいと言われました」

仙道は黒い鞄からファイルを出し、一枚の名刺を出した。栗木のものだった。

「確認してみました」

「はい」

「結論から言うと、亡くなった橋本さんの会社に栗木という人はいません」

りさ子は、はーっと息を吐いた。

「住所も電話番号も合っています。ただ、電話は橋本さんの課の番号ではなく、会社の代表番号です。インターネットなんかで調べればすぐわかる」

仙道の話の内容を理解した時、りさ子は体に腕を巻きつけた。自分を抱きしめるように。

「大丈夫ですか」

「急に怖くなってきました」

にやにやと笑っていた女の顔、ネットで住所や何かを調べて名刺を作る手間までかけてここに来る、その意図はなんなのだろうか。

「もう、その女が家に来ても決して会ってはいけません」

わかりました、と言ったつもりが、声が出なかった。

「女が来たら、相場さんか僕に電話してください。相場さんはお忙しいかもしれないけど、僕はフリーであちこち行ってますから、手が空いていればすぐに来ます。とにかく、必ず連絡するように」

「します。よろしくお願いします」

「用心して、でも、必要以上に怖がらないように。恐怖は良くないものを引き寄せますから」

ええ、とうなずいた。

何か温かいものを頼みましょう。そう言って、仙道はメニューを取り寄せた。

しかし、りさ子がそれを開くこともなく、ただ、手に持っていると、ウエイトレスを呼んでココアを二つ頼んだ。

「こういう時は温かくて甘いものがいいんです。クリームソーダもいいけど、今は体が冷えすぎる」

いやいやながら口に含んだココアだったが、彼の言葉通り、少し落ち着いた。

仙道はココアを少しずつ口に含むりさ子を見ながら、のんびりと天気などの話をした。

りさ子がココアを飲み終わり、一度トイレに行って落ち着いたのを確認した後、彼は言った。

「実は、もう少しお話があるのです」

「なんでしょうか」

「必要以上に怖がらせたくはないのですが、これまで起こった、相場不動産や事故物件に関する一連のできごとはつながっているのではないかと思っています」

「一連のできごと？」

「はい。どこからどこまでとは、僕もすべて把握しているわけではないし、僕らが知らない場所で起きていることもあるでしょう。ただ、ここ半年ぐらいの間の相場不動産のまわりの現象はどこかおかしい。景気の回復や、相場さんの事情だけが原因ではないと思います」

「つながっている？」

「はい。なんらかの意図が働いている、と言ったらいいでしょうか」

でも、とりさ子は言い返した。決して、仙道に反対しての言葉でなく、むしろ心の中は彼の主張に傾きながら、あの相場不動産やロンダリングにそれが起きてほしくないための反抗だった。

「なんで、そんなことをしなければならないんでしょう。あんな小さな店の、都会のすき間に根ざすささやかな仕事です。それを誰が傷つけるようなことをするのですか」

「わかりません」

なんらかの意図。ただ、東京の片隅で、小さく小さく商売している相場不動産と、ロンダリングなんていう効率の悪い商売。

黙ってしまったりさ子に、仙道が「必要以上に怖がることはありません。僕も相場さんもついているし、もしかしたら、本当に偶然の一致かもしれませんから」と言った。りさ子は彼から勇気づけられて初めて、自分が少しも怖がっていないことに気がついた。むしろ、ふつふつと体の中から何かがわき上がっている。仙道にはただ、「大丈夫です」と答えた。


「今日は何がありましたか」

夜、十時をまわると、いつものように亮から電話がかかってきた。

「特に何も」

仙道のことや、ロンダリングを阻止する勢力があるのかもしれない、というような話をしても驚かせるだけだし、きっとりさ子を心配して、もうやめろ、というような話になるだけだと思って言わなかった。

「それはよかった。何もないのは幸せだということですから」

そうだろうか。

りさ子は、仙道の話を聞いた時に身のうちからわき上がってきた、あの気持ちを思い出した。久しぶりに味わう闘志のようなもの。

私たちを邪魔するのなら、すればいい。でも、決して私たちは負けない。あんたたちに相場不動産は、ロンダリングは触らせない。

自分は怒っているのだ、とわかった。久しぶりに味わう感情だった。二年前に「富士屋」に専業で働くようになってからはずっと忘れていた気持ち。

小さな商売、毎日くり返される日常、人が死んだ部屋に住むこと。

そんなささやかなことを妨害する理由はなんだろう。

「それが終わったら、こちらに帰ってこれますね」

亮が言った。

りさ子は返事ができなかった。

「僕は待っていますから。ずっと待っていますから」

自分はきっと帰らないのだろう。

私は決して、おとなしく無口なだけの女ではない。本当は気性の荒い、嫌な人間なのだ。

そして、自分たちを阻害しているやつらとこれから戦わなければならない、と考えた時、りさ子の身のうちに確かな喜びがあった。

わくわくしている。相場や仙道には悪いが、嫌なことが起きて、私は喜んでいる。

亮には言えなかった。彼は善意の人だ。悪いことが起きて喜んでいるなんて言えない。

帰れません。

その一言をじっと抱えながら、りさ子は亮の声を聞いていた。

大東京ロンダリング

仙道が外回りから事務所に帰ると、奥さんから電話があったわよ、とパソコンを使いながら、町田祐子が言った。

それには答えずに、「東北に行くことになるかもしれない」と返す。

「出張？　東北？　東北のどこ？」

「秋田、たぶん」

「いつごろ？」

「来週かな」

「わかった」

理由も聞かず、理解が早いのは昔から変わらない。

自分のデスクにいつもの黒い鞄を置き、椅子に座った。

「お茶飲む？」

「いや、いい。外で買ったのがあるから」

鞄から飲みかけのペットボトルを出して、三分の一ほど残った日本茶を飲みほし、足元のゴミ箱に投げ入れる。

仙道と町田の机が並び、コピー機と資料用の棚などの家具のほかは、来客のためのソファセットがあるだけの簡素な事務所だ。普段はほぼ外回りの彼が、この机の前に座っているのはめずらしい。

部屋の片隅に白いカラーの鉢がある。町田が家から持って来たものだ。彼女が世話をしていて、事務所にわずかな彩りを添えていた。

「奥さんに電話を返さなくていいの」

町田が尋ねた。

「内容はわかっているから」

「そう」

あいづちに含みがあって、町田の方を見た。彼女も見返す。

「……月末に妻の実家の法事があるんだよ」

「失踪したお義父《とう》さん？」

「いや。さすがにあの人のはしない。戸籍上死んでるだけで、葬式もしなかったしな。月末のはお義母《かあ》さんのお姉さん」

わかる、というふうに、町田はうなずいた。彼女の夫は家庭があったのに離婚して、彼女と再婚した。そういう、気まずい関係の親戚行事には仙道以上に通じている。

「出席しないわけにいかないだろうな」

「別居のこと、奥さんは親戚に話してないんでしょうね」

「たぶんな」

「そうだと思う。電話の声を聞けばわかる。しっかりした方だもの」

本当はもっと違う言葉を使って妻を表現したかったのではないか、と仙道は思った。実際、彼もこういう状態になって初めて、自分の妻が思っていたよりもずっとプライドが高く、気が強いと知った。結婚当初は、美人でも、気取りがなくておっとりしている、と驚いたのに。

「迷うことないわよ。普通に喪服を着て、何事もないように出席すればいいの」

仙道が苦笑すると、「なんで笑うの？」と彼女はちょっときつい口調で言った。

「他にどうするって言うの？　別の道がないのだから、何も、考える必要ないわよ」

「仕事が忙しいとかさ」

「そんな嘘、つく必要ない。嫌な気持ちになるし、嘘はもっと大切な時に取っておかないと」

「大切な時なんて来るのか」

「もっと、絶対に行きたくない集まりの時。今は奥さんと気まずいだけでしょ」

「それだけでもないけど」

「週末に喪服をクリーニングに出しなさい。その日が来たらクローゼットから出して、磨いた黒い靴を履いて会場に行って、他の人と同じように振る舞って、帰ってくればいい。簡単なことよ」

町田の夫はそうしていたのだろうか。彼が離婚したのは、子供がすでに大学生ぐらいになってからだと聞いていた。離婚しても、断ち切れない、さまざまな関係が残っていただろう。そのたびに、彼女は服をクリーニングに出していたのか。

「会ったら、きっと離婚の話をしなきゃならないだろうな」

その仙道のつぶやきには答えなかった。

町田祐子の横顔を見る。昔から老けないと言われていた顔立ちにも、さすがに老いが忍びよっていた。目の際に細かいしわがある、髪に艶がない。体形は前から、小さくてころころしている。まあちゃんほどではないが。

「今日は誰と会ってきたの」

めずらしく、町田が仕事の内容を聞いてきた。彼女は主に経理と事務を担当している。相談したい時だけ、仙道が説明する。相場不動産の案件については、事前に話してあった。

「鎌田勇気。ロンダリングの現場で幽霊を見て、逃げ出した男に相場さんと一緒に会った」

彼とは会社の近くの西新宿の店で昼時に会った。夜は少しでも早く帰宅したいので、その時間しか空いていないと言われたのだ。相場も同席するため、相場不動産が休みの水曜日にしてもらった。

「今は贖罪《しょくざい》期間なんです」

へへへ、と笑う顔が、言葉とは裏腹に嬉しそうだった。

「家族でご飯を食べて、娘とお風呂に入って、寝かしつけて、自分も九時前には寝てしまう。子供並みの毎日ですよ」

そう言いながら、刺身定食を食べる手を休めない。相場がおごると言ったら、一番高いものを頼んだ。

仙道は、この鎌田という男があまり好きになれなかった。その理由を自分でも説明がつかないまま、黙っていた。

「それじゃあ、奥さんも喜んでるんじゃないの」

相場が仙道の顔色に気づきながら、如才なくあいづちを打った。

「どうですかね。そう嬉しそうな顔もしてないが」

「そりゃ、喜んでいるでしょ」

「いや、この間の日曜日に、いったいいつまで続くんだか、って嫌味言われましたよ」

付け合わせの大根とシソを嫌そうに端にのけた。

「まあ、しょうがないよね。これまでがひどかったんだし。あいつはもともと、表情にとぼしい女なんで」

頑張って信用を積み重ねていくしかない、と彼はつぶやいた。

彼の行状については相場から説明を受けていた。さんざん浮気をくり返してきた男がちょっとしたできごとでこうも変わるものか。

宗教であれ、占いであれ、幽霊であれ、上司の小言であれ、簡単に考え方や行動を変える男があまり好きではないのだ、と仙道は気がついた。そういう男は、また同じように急に元に戻って、まわりの人間を傷つける。それから、笑い方や表情が卑屈なのも嫌だ。しかし、彼自身が幸せそうなら、結構なことではある。

「ご両親とは？」

「この間、娘を連れて里帰りしましたよ。妻は行きたくないって言うんで、二人だけで。それで、これまでの非礼を三つ指ついて謝りました」

「ご両親の方は喜んだでしょ」

「驚いてたね」

そりゃ、驚くだろう。

「まあ、そっちの方も少しずつ歩み寄って、かみさんも帰郷して、親孝行したいよね。ゆくゆくは一緒に……」

ゆくゆくは何をしたいというのか。親と同居でも夢見ているのか。それを妻の方が望んでいないかもわからないのに。

ああ、自分はこの男のどこか独りよがりなところが好きになれないのだな、と思った。独善的で、幸せが型通りなところも。

「最近、早く寝るから、明け方目が覚めちゃうでしょう。だから、こんな本を読んで」

鎌田は鞄からごそごそと本を取り出した。本屋のカバーがかかっているのを、外して見せる。『収入を十倍にする、朝四時起床の勉強法』という本だった。

「こりゃあ、本当に人が変わったみたいだなあ」

相場が笑った。

「でしょ」

「朝四時とは早い」

「四時に起きて勉強するなんて普通ですよ。今は『できる男は深夜二時に起きる』って本もあるぐらいだから」

漁師か。近海漁業の漁師か、お前は。

「では、ちょっとお聞きしていいですか」

唐突かもしれないと思いながら、仙道は口をはさんだ。相場が驚いたようにこちらを見る。もっと、のんびりと話しながら聞き出そうと思っていたのかもしれない。

しかし、収入が十倍になるとかいう話なんか聞いてられるか。サラリーマンなのに。どうやって増やすってんだ。詐欺じゃないか。ばからしい。

「鎌田さんが占いをしてもらった女性ですけど」

彼女の名前を確認し、容姿や背格好を改めて尋ねる。

やはり、りさ子のところに来た女と名前は一致していた。栗木静香。ビル管理会社勤務と名乗ったらしい。黒目がちで肌が美しく、セミロングの髪型、和風の美人。

「栗木さんからはその後、連絡はないんですね」

一瞬、間があった。

「ないよ」

それから、もう一度、部屋に出た幽霊と、栗木の占いから現状に至るまでの話を聞いた。一時近くになったので、礼を言って、店を出ることにした。

鎌田が先ほど鞄から出した本をしまおうと手に取った。

『収入を十倍にする、朝四時起床の勉強法　森脇智弘著』という文字が飛び込んできて、はっとした。さっき本を見せてもらってから、ずっと何かがひっかかっていた。森脇智弘は九州に失踪した、皆川が読んでいた本の中にもあった著者名だった。

「八重洲《やえす》ブックセンターですか」

カバーに特徴がある。

「え」

「その本、八重洲の本店で買ったんですか」

彼の会社は西新宿、家は確か京王線沿線。東京駅の方とは方向が違う。

「あ、ああ」

鎌田は何を言われたのかわからなかったようで、自分が持っている本を見た。

「本を東京駅まで行って買われたんですか」

「いや、買ったんじゃなくて、いえ、ええ、まあそうです。人からもらったんで」

慌てているように見えたのは、うがち過ぎだろうか。

「本当にもらったのか、仕事で外出している時にでも買ったんじゃない」

町田の見解を聞いて、仙道は首を振った。

「慌てているのが不自然だよ」

「あなたに詰問口調で質問されて、怖かったのかも」

からかわれているみたいだが、彼女とこうして話していると、自分の熱くなった頭が整理されるようだった。

「じゃあ、今日はもう帰っていいかな」

町田は通勤バッグを出して、身の回りの物をそこに入れた。

時計を見ると、五時四十分を過ぎていた。

「ああ、いいよ。お疲れさん」

登記上は町田の方が社長なのに、自分が許可するのはおかしいと思いながら言った。

普段の退社より、少し早い。

「今日は何かあるのか」

「実家に寄るの。母とご飯を食べて、少し様子を見てこようと思って」

町田の父親は数年前に亡くなり、母親が横浜で一人暮らしをしていた。

そういう歳だよな、町田も俺も、と考える。

自由と責任なら、責任の方が少し重くなってきた。

彼女が帰ると、事務所がしんとした。仙道は鎌田勇気との話を記録して、日報を書くと、携帯電話を取り上げた。

妻に電話するつもりだった。

加島康江のアパートは、杉並区の奥まった場所にあった。

相場不動産は営業日だったので、仙道は一人でその街に降り立った。

ロンダリング関係者として、最もわからなかったのが彼女だった。相場のメモによると、不動産管理会社の人間から「ロンダリングしてほしい」という連絡が来て、すぐにやっぱりやめたい、と断られたらしい。

「そういうことはめずらしいから、どうしたんだ、新しい店子でも見つかったか、って聞いたんだが、管理会社の担当ははっきり答えないんだ」

あやしい、というのはその一点だけ。だから、関係があるのかないのか、わからない。直接の接点は相場にもないということで、とりあえず、そのアパートを見てみることにした。

地元の不動産屋を通して、アパートの内見をしたいと予約を入れるのを前日に済ませていた。彼らには単身赴任のための住居を探している、と伝えた。

古くても掃除の行き届いた物件だった。仙道の学生時代には、友達も皆、こんなところに住んでいたものだ。部屋に入って、キッチンとバストイレという間取り。水回りがゆったりと作られていて使いやすそうだった。仙道は持ち主である大家に好感を抱いた。

「このアパートで人が死んだと聞いたのですが」と言葉巧みに質問し、事故物件となった部屋に、大家である加島康江が子供と一緒に住んでいる件を聞き出した。

「大家さんが？」

「ええ。ですから、確実な物件ですよ。まあ、若い方はそういうの、嫌がる人も多いけど、掃除なんかはこまめにやってくれるし、防犯もね」

相場を女にして、背をぎゅっと小さく縮めたような老女は、勧めているのか、いないのかわからない口ぶりで答えた。

そういうことであれば、一度、大家さんとお会いできないか、と頼んでみた。

「大丈夫、いい人ですよ、うるさいことを言うような人じゃない、まだお若いし」と断られそうなのを、昔、きつい大家で嫌な思いをしたことがあるから、とさえぎった。

翌日、連絡があり、康江が会ってくれるということになった。

もう一度、内見をしながら、話をすることになった。

アパートの前に行くと、康江はブラウスにジーンズ、エプロンという姿ですでに待っていて、仙道に頭を下げた。その表情は「ああ、まともないい人そうで良かった」と語っていた。そんな彼女に嘘をついている、後ろめたさを感じながら挨拶をした。

「単身赴任でこちらにいらっしゃるのですか」

部屋に入ると、康江の方から尋ねてきた。

「仙台の妻の実家の近くに住んでいるんですが、東京に転勤になりまして。妻は仙台を離れたがらないものですから」

決めてきたセリフをすらすらと答えた。

アパートの部屋に電灯はついていない。午前中の斜めの光が入ってきて、薄明るかった。

仙道が窓を開けると、後から入ってきた康江が言った。

「そうですか。やっぱりご実家の近くがいいですものね」

美人ではないが、しっかり者を思わせる顎に特徴がある、話しやすい女だった。

「あの、つかぬことをお伺いしますが、大家さんは下の部屋にお住まいになっているそうで」

事故物件であることを仙道が知っているというのは不動産屋から伝わっているらしい。康江はよどみなく答えた。

「はい。事件性はないということで、掃除をした後、私たちが住んでいます」

仙道は振り返って、まっすぐ康江の顔を見た。康江もこちらを見返した。

「お気になさいますか」

「いえ、僕は大丈夫ですが、妻が少し気にしそうなので。彼女はここには住みませんけど、後でわかるといろいろやっかいなので、今のうちにお尋ねしようと思って」

面倒なことは、すべて妻のせいにすれば丸く収まることを、仙道も長年の経験でわかっていた。もちろん、康江の方も「夫に聞いてみないとわかりません」という断り文句を何度も使っているだろう。夫婦とはそういうものだ。

「そうですか。実は最初、他の方に入っていただこうと思っていたのです。でも、いろいろ事情がありまして、結局、私と子供たちがここに住んでいます。最初は一か月程度住んで、他を探そうと思っていたのですが、思いのほか住みやすいので、そのまま……」

一か月住む……ロンダリングの考え方と符合する。康江はロンダリングのことは知っているから、そこから導き出された期間なのかもしれない。

「その前はどちらに？」

「自宅に。この近くなものですから」

なぜここに住んでいるのか、夫はどうしているのか、と数々の疑問がわいてきたが、これ以上尋ねるのは不躾かと迷った。

「最初は他の人に入ってもらおうと思った、というのは、ロンダリングをしてもらうつもりだったんですか」

康江が少し驚いて、目を瞠《みは》る。瞠っても細い目だった。

「ご存知ですか。ロンダリングのこと」

「ええ」なんでもないことのようにうなずく。当たり前のように振る舞った方が、うまくいきそうだと思った。

「実は、不動産管理会社の方に勧められたのです。専門の業者の方がいるから、ロンダリングしてもらったらいいと。その時、大家が入ったらいけないか、と聞いたら、それではだめだと言われたんですけど、迷っているうちに、私の方が家を出なければならない事情ができてしまって、それでここに住んだんです。もちろん、それでごまかそうとしているわけではありません。必要ならロンダリングしてもらうし、後の方にも正直にお話しするつもりです」

真面目ないい人なのだ、と思った。痛々しいほど几帳面《きちょうめん》な。

こういう人はいい人だけに、相手に付け込まれる。きっと、夫とのこともそのあたりが問題なのかもしれない。

「家を出なければならない？　何かご自宅の方で問題でもあったんですか。欠陥住宅だったとか」

押し入れの戸を開け閉めして、調べるふりをしながらさりげなく尋ねた。

「ちょっと……まあ、正直にお話しした方が早いですね。いろいろあって、私たち、離婚することになっているんです。今はその話し合いもありまして、子供も小さいものですから、近くに住んでいる方が都合がいいので」

さばさばとした口調だった。つとめてそうしているのではなくて、もう心から吹っ切れているような。

「不躾なことをお聞きして、失礼しました」

仙道は深く頭を下げた。

「いいえ。かまいません。人に言いふらすようなことでもないですが、秘密にするようなことでもないし、ここにお住まいになったらいずれにしろ、知れることですから」

「……実は僕も」

頭を下げたままで言った。

「本当は別居しています。いや、することになるでしょう。単身赴任と言ったのは嘘じゃないですけど、別居に向けて話し合っています」

同じ立場だと言った方が話を聞き出せるかもしれない、と思っての告白だった。けれど、仙道は自分とはまったく関係ない立場のこの女に、話してみたいような気にもなっていた。どちらの気持ちが強いのかは、自分でもわからなかった。

「そうですか」

あいづちが少し近づいた感じがしたのは、仙道の期待しすぎか。顔を上げると、彼女の心配そうな表情が見えた。

「僕が仕事を変えたいと言ったのが原因でして。彼女はそのまま、会社にいてもらいたかったみたいで。このご時世ですから。それから、ちょっとぎくしゃくしまして」

「なるほど」

あながち嘘ではないことを話す。人はそう大きな嘘はつけないものだ。

「でも、妻は迷っているようです」

「そうでしょうね」

「加島さんが決心をしたのは、どうしてですか。そんなにきっぱり、家を出られたのは何か理由があるのですか」

踏み込み過ぎの質問も、離婚を前にして焦っている男なら許されるかと思った。

「私のところは仙道さんよりずっとひどいことがありましたけど……」

康江は唇のあたりを、指でつまみながら言った。

それが、媚《こび》ではなく、迷いのしぐさだと、仙道は思いたかった。

「一番、背中を押してくれたのは、周囲の方の言葉ですね。夫がどうとか、離婚がどうとか、っていうよりも、自分がどうしたいのか考えろって言われたんです」

皆、自己啓発のセミナーみたいな言葉を使うな、と仙道は頭のどこかで考えた。そういうのがはやりなのか。

「お友達か何かに？」

「いえ、それが」

康江は微笑んだ。その顔を見て、男だ、と思った。

「パート先の後輩です」

「失礼ですが、恋人とか？」

「とんでもありません」

康江の驚いた顔を見て、仙道は自分の予想が外れたことを知る。

「その人、おもしろいブログをやっているんですよ。そのブログの言葉にも励まされてました」

パソコンで見れるんですか、と仙道は尋ねた。スマートフォンでも見れますよ、と彼女はポケットからそれを出して、操作した。

「あれ、ないわ、どこにいったのかしら」

「なんていうブログですか」

「『遠藤圭吾のアルファブロガーへの道』っていうんです」

遠藤圭吾。その名前を仙道は心に深く刻みつけた。

仙道さんだけなら会います、という言葉を、相場には告げられないまま、仙道はまあちゃんの故郷まで来た。

駅前のバスターミナルのあたりで待っていてもらえませんか、と言われた通り、ステンカラーコートといつもの黒鞄を持って立った。もう冷えますから必ずコートを着て来てください、と教えてもらって助かった。東京はまだ半袖でもいいのに、強い風が吹くと首元がひやりとする。やっぱり気の利く子だ。

バス停は三つあったが、時刻表を見ると、見事なぐらい本数がない。

紫色の軽自動車がすうっと入ってきて、仙道の前で止まり、まあちゃんが降りてきた。ピンク色の薄いダウンジャケットを着ている。

「乗ってください」

助手席に乗り込む。すぐ鼻先にお守りとよくわからないゆるキャラとドナルドの人形がぶら下がっていた。

「仙道さん、でかいからきついでしょ。シート、後ろにさげて、楽にしてください」

「いや、大丈夫、ありがとう」

言葉はまったく変わっていない。もともとそうなのか、無理して戻しているのか、高円寺にいたまあちゃんだった。デニムをはいているのは初めて見た。

それでも、彼女は仙道の方を見て、きゃっきゃっと笑う。仙道さんがうちの車に乗ってるなんてなんか信じられないなあい、やっぱきついですよね、つらくないですか、お昼はもう召し上がりましたか。

明るく振る舞い、テンションを高く保とうとしているような気がした。

「――でいいですか」

――の部分が聞き取れなかったが、この地方にしかないファミレスチェーンのようだった。

「まあちゃんは田舎だって言ってたけど、そうでもないじゃない」

仙道は正直な感想を言った。駅前は閑散としていたが、駅舎は立派だったし、ところどころ田畑が混ざってても国道の両脇には店が並んでいる。どこも大型店で立派な駐車場がついていた。

「あたしの家はもっと田舎だもん。ここから三、四十分行ったとこ。距離だと四十キロぐらい先かな」

「え。そうなの。悪かったね。だったら、近くまで行ったのに」

「なんにもないもの」

ふん、と鼻を鳴らした。

「電車もバスもないから、仙道さん来れないし。だいたい、スーツ着た若い男が都会から会いに来た、なんて言ったら、親戚中大騒ぎになっちゃう」

さっきとは違う笑い方で、はははは、と乾いた声をあげた。

「いや、若くないし」

「ここでは十分若い。仙道さん、あたしと無理やり結婚させられるよ。親に『責任とれ』ってすごまれて」

「まさか」

こんなオヤジじゃ、ご両親もがっかりだよ、と雰囲気を明るくしようとふざけた。しかし、まあちゃんは片頬をゆがめただけだった。

「いや、まじ。じゃなかったら、詐欺師か勧誘。そんなスーツ着てくるんだもの。家庭用太陽光発電の押し売りかと思われるよ」

——に着いても、看板の店名の部分はひらがなを大きく崩したデザインで、名前が読めなかった。けれど、それをまあちゃんに聞いたら、また自嘲を呼びそうで言えなかった。中に入ると、イタリアン系のレストランだとわかった。驚くほどさまざまな種類のパスタがメニューに並んでいる。

「仙道さん、ご飯まだなんでしょ。食べたら？　ここの、田舎だけど、味は悪くないよ」

じゃあ、というわけで、一番の人気メニューだというミートソースのパスタを頼む。まあちゃんは同じものの大盛りに納豆をトッピングした。食後にコーヒーと小さなデザートをつけても、一人千円以下だ。

運ばれたパスタには、麺の上に大きなカツとから揚げ、ミートソースとチーズをのせて焼いてある。見るだけで胸やけを起こしそうなボリュームだが、口にしてみるとおいしい。

「結構、イケるでしょ」

まあちゃんが仙道の顔色をうかがいながら言った。

「ミートソースがいいね」

「砂糖としょう油がかなり入っているんだって。だから、日本人向きの味なのね」

なるほど、と思った。イタリアンなのに、どこか懐かしいみたらし団子のような風味がある。

食べ終わってコーヒーが来るまで、仕事の話はしなかった。

「僕は別に東京に帰って来いって言うために来たんじゃないんだよ」

「そうですか」

まあちゃんはほっとしたような、がっかりしたような顔でうなずいた。

「仙道さんは失踪屋だから、もしかして連れ戻しに来たのかと」

「君は失踪したわけじゃないだろう」

「まあ、そうだけど」

追加でデザートでも食べない？　とメニューを渡した。まあちゃんは一通り、ケーキのあたりをじっと見て、「いらない」と小さな声でささやいた。

「本当に？　遠慮しないで」

「自分、甘やかされてたんだなって思うんです」

「甘やかされてた？」

「仙道さんだってさ、こういう時、こうやってデザート食べない？　って言ってくれるでしょ。そりゃ、女としてじゃないけど、やっぱり優しいよね。相場社長だって」

と言いかけて、まあちゃんはふっと口を一度閉じた。仙道は気がつかないふりをする。

「他のおじさんだって、店に行けば、なんでも好きなもの頼みなよ、って言ってくれた。若い男でもおごってくれる男もいた。なんだかんだで、そういうのに慣れてたんですね、あたし。こっちに戻ったら、誰もそんなこと、言ってくれない。こんなおばちゃんには」

「まだ二十代でしょ」

「だけど、終わりの二十代だもん。デブだし、かわいくないし。この間、家族でファミレスに行ったらね、兄貴の家族とか子供とか、父親の弟家族とか、親戚が十人ぐらいだったんだけど、あたし、端に座ってたら、注文、聞かれなかったんだよ。誰もあたしがオーダーしてないのに気づかないの。子供たちがびゃーびゃー騒いでて、お祖母《ばあ》ちゃん、あ、あたしにとっては母ね、も孫のことにかかりきりで、あたしに誰も『何にする？』とか聞いてくれないの。店員さんも忘れたままで、帰っちゃって」

「どうしたの」

「そっとトイレに行くふりをして、追加注文したの。泣きそうになっちゃった。親はこっちに帰って来いってずっと言ってたんだよ。だけど、帰ってきたら喜んでもくれない。透明人間なの、あたし」

まあちゃんは大きくため息をついた。

「誰も気にしてないの」

相場不動産に帰ってくればいいじゃない、と言うタイミングはどこがいいか、仙道はプロの感覚で測っていた。しかし、その一方で、ロンダリングのことも話さなくてはならないし、相場が何度も彼女に電話を入れているのに戻らないのだから、かなり注意しなければならない、とも考えていた。

「じゃあ、本当にデザートはいいの？」

自分ができる、一番柔らかい笑顔で仙道は言った。

「僕は食べちゃおう。アップルパイがおいしそうだ。生クリームもつけてもらおう」

本当はパスタで腹がいっぱいだった。でも、食べられなければ、まあちゃんにあげればいい。

仙道がウエイトレスを呼んで注文し、彼女が踵《きびす》を返しかけたところで、「あ、あたしも同じものをください！」とまあちゃんが叫んだ。仙道の顔を見て、ばつが悪そうに笑う。

本当はそんなに食べたいわけじゃないですけど、仙道さんがおいしそうに頼むんだもん、と口を尖《とが》らせた。

「ごめんごめん」

そして、まあちゃんがこちらに戻る前のことについて尋ねた。

最初はどうしてそんなことを聞くのか、という顔をしていた彼女も、仙道の質問に少しずつ真顔になった。

「じゃあ、その聞き取り調査をした社会学者は遠藤というんだね」

「はい。遠藤圭吾先生」

仙道は顔の表情を変えないように苦労した。

「名刺かなんか、もらった？」

「あ、あります。今も持っています」

まあちゃんはいそいそとバッグの中から財布を出して、名刺を取り出した。

いつも持ち歩いているのか。それなのに、丁寧に扱っているからか、名刺の四隅はぴんとしていた。彼女の口ぶりから、彼に対してかなりの好意を持っていることは感じられた。

「ちょっと、記録を取っていいかな」

「どうぞ」

遠藤圭吾、社会学者……仙道はスマートフォンのカメラでそれを撮った。

「いろいろな大学で、講師として教えてるんだそうです。本を書いたり、調査をしたり、学会で発表したり、いわば、フリーの研究者なんだって」

「それで、遠藤先生の誘いでボランティアに行ったんだね」

「はい。先生の生徒さんがボランティアに行っている場所だと言っていました。だけど、そんな頭のいい学生さんと一緒だなんて大丈夫かなあって、ちょっと心配だった。でも、ほっとしました。当日は学生さんとかいなくて、先生とあたしの二人きりでした」

「ああ、そうなの」

「とてもきれいな老人ホームで、そこにいるおばあさんたちも皆、裕福そうでお金持ちそうなおしゃれなおばあちゃんばっかり。とっても楽しかった。だから、こっちでも同じようなボランティアができるかな、って思ってたんですけど、だめですね。やっぱり、田舎はそういう感覚とかないの。いろんなところに聞いてみたんだけど、健康状態がわかりにくくなる、とか、一度塗ったら剝《は》がすのが大変とか言われて。あたしがちゃんと管理するって言ったんだけどね。親戚のお婆ちゃんが行っているデイサービスとかにも行ってみたんだけど、とっても忙しそうでとてもネイルなんて言い出せない感じなの」

やっぱり、遅れているんだよね、こっちは、と彼女は肩をすくめた。

「あ、あのさ、そこ、特養だったの?」

「え」

「その、東京で遠藤先生に紹介された施設、本当に特養だった? ただの老人ホームじゃなく?」

「老人ホーム? 老人ホームのことを特養って言うんじゃないんですか」

無邪気に聞き返すまあちゃんに、仙道はそれ以上尋ねず、そのホームの名前と場所だけ教えてもらった。はっきりした住所は覚えていなかったが、世田谷区のどこの駅で降りたか、ということと名前だけはわかった。

ほぼ話を聞き終わると、まあちゃんは少しもじもじした後、聞いた。

「社長、お元気ですか」

「……電話、かかってくるんでしょ」

「時々、留守電に」

「出てあげればいいじゃない。別に社長は怒ってないよ。ただ、一人になっちゃって、ちょっと悩んだり、困ったりしてる。まあちゃんに相談したいこともあるんじゃないかな」

うちらに相談なんて、と彼女は下を向いて、爪のささくれを噛んだ。完璧に手入れされて、ささくれなんてない場所なのに。

「一番、頼りにしてたから、そりゃ教えてほしいこともあるんでしょ」

「そんな。あたしが知ってることは、全部社長に教えてもらったんだよ」

お嬢さんもいるし、とまあちゃんはさらに頭を垂れた。

「お嬢さんじゃ、話せないこともあるでしょ」

「だって」

「まあちゃんが嫌じゃなければ、話してあげたら？」

「嫌ってわけじゃないけど」

しばらく口を出さずに、じっと彼女の様子を見ていた。まあちゃんのささくれ探しは右手の中指から始まって、薬指小指、人差し指親指とまわり、左手に移った。両手が終わると、やっと顔を上げた。

「帰りたいんでしょ？」

我ながら最高のタイミングだと思った。

うん、とまあちゃんは素直にうなずいた。

「でも、こっちのこともあるし」

「仕事？　アルバイトならいつでもやめられるじゃない」

「それでも探すの大変だったし、親にも……なんて言っていいかわからないし」

「何も言わなければいい。置き手紙でもして、着の身着のままで出てくればいい。あの車、まあちゃんの？」

店の駐車場にある車を指差して聞いた。

「ううん。今、大学生でここを離れているいとこのやつ。借りているの」

どこか恥ずかしそうに、まあちゃんは言った。

「じゃあ、ここにある財産は何もないじゃない。それは身軽だってこと。若いうちは最強の武器だよ」

「だから、お金が……家財道具とかだって処分したし」

「帰って来いよ」

ちょっと命令口調で言ってみた。普段の仙道なら絶対に使わないような言葉。まあちゃんがはっとしたように彼の顔を見つめる。

「ロンダリングをしたら？」

「え」

「ロンダリングをすればいい。そしたら、当初の生活費はかからない。そのために、そういう人のために、社長が考えたロンダリングだよ。それをしながら、東京でどうするか、考えていけばいい」

まあちゃんは手を口に当てた。思ってもみなかったことらしい。

「ロンダリングをしながら、考えたら。相場不動産に戻ってもいいし、他のことをしてもいい」

なんなら、今夜、僕と一緒に駆け落ちしようか。

冗談めかして言ったのに、彼女は笑わなかった。

帰りのホームから、町田に報告の電話を入れ、ざっとした経過を報告した。

「じゃあ、うまくいったのね。まあちゃんは帰ってこれそうなの」

「まだ、わからない。もしかしたら、帰ってくるかも」

正直、自分の仕事の中で十の指に入る説得だと思いながら、慎重に答えた。

「ウソ。かなりうまくいったと思っているくせに」

町田には隠せない。

「めずらしく、仙道君の男の部分を使ったんだ」

「お兄さん的と言ってよ」

「そういうのが出し入れできるようになったんだから、私たちもいい歳なのよね」

「今日はもう帰っていいから」

「会社に一度戻る？」

「どうしようかな。そのまま家に戻るかも」

「わかった、お疲れ様」

「お互い様だよ」

電話を切った。

新幹線の中で、スマホを使って、まあちゃんから聞いた老人ホームの名前を検索する。

世田谷区　芙蓉苑《ふようえん》
思った通りだった。芙蓉苑は公的な特養老人ホームではない。れっきとした、私立の有料老人ホームだった。経営はＡＢＣコーポレーションズという会社だ。ＡＢＣコーポレーションズをまたネットで調べる。

　はっと息を飲んだ。

　それは、あのジャパン地所の系列会社だった。

「つまり、まあちゃんに聞き取り調査をし、生き方だのなんだのっていうことを吹き込んだ男が遠藤とかいう社会学者で、加島康江の前に現れた社会派ブロガーも同じ名前だって言うんだな」

「りさ子さんの部屋に来た女、栗木静香と、鎌田さんの占いをした女も同一人物のようですしね」

「どういうことなんだよ。こりゃ」

「遠藤がまあちゃんを連れて行った老人ホームは特養じゃなくてジャパン地所の系列会社が経営している有料老人ホームで、小石川君江さんが就職した、『いろは倉庫』もジャパン地所の子会社です」

　うーんと相場はうなった。

　相場不動産の客用ソファに向かい合わせで腰かけて、二人は話していた。客は訪れなかったが、時々、ガラスの引き戸が開けられて近所の商店主が顔をのぞかせる。町内会の案内や、ランチの誘いのためだった。

面倒だから、と相場は途中から外に「準備中」の札を下げた。

「ジャパン地所は不動産を中心に多角経営をしている大企業ですから、偶然の可能性もありますけど」

「まいったな」

「ですね」

「その遠藤圭吾と美人の栗木静香はジャパン地所の人間なのだろうか」

「どうでしょう。彼らが雇った人間であることは確かでしょうが、社員かどうかはわかりません」

「まあな」

「ただ、二人には共通の手法があります」

「手法」

仙道はいつもの黒鞄から一冊の本を出した。『君に栄光を捧げよう』、森脇智弘の著作だった。

「ちょっと気になって読んでみたんです」

「その男もかかわっているのか」

「いいえ、さすがにそれはないでしょう。一応、森脇は有名人ですしね」

少し前に、ワイドショー番組でコメンテーターをしていた、細縁のメガネをかけた男を思い出しながら言った。

「彼の主張は一貫しているんです。まず、読者たちをさわりのいい、理想的な言葉でひきつける。例えば、『君の本当の生き方はすでに目の前にある。ただ、手を伸ばさないだけだ』とか『今飲んでいるコーヒーの中にも君の生き方はひそんでいる』とか」

「後の方の意味がわからん」

「これだけだとわかりにくいですが、いろいろ講釈を加えるとそれらしくなるんです。なんのコーヒーを選ぶかというところにも日々の選択があり、その数々の選択が人生を作っていくというような意味ですね」

「なるほど」

「まあちゃんも加島康江も鎌田勇気も同様の言葉をかけられていました。それこそ、彼の真骨頂なのです。読者がその言葉に心酔し浸透したところで、同じ言葉で他の人間も勧誘することを教える」

「勧誘する？」

「そういう言葉をビジネスの世界で有効に使う方法を教えるのです。『人の背中を押す言葉、いい言葉で気持ち良く説得しよう』って。営業やセールスの場で直接的に品物を勧めたり、その効用を謳《うた》ったりせずに、理想的な言葉で人生を語り、そのためには商品が必要だと自ら思わせる手法です。読者や心酔者はすでに言葉を信じていますから、他人にも自信を持って使える」

「ためらいもなく、心の底から言えるから、他人から疑われにくい、ということか」

「そうです。森脇の本の題名や目的は一見、違っていても、中身の主張は首尾一貫している」

「しかし、それは一概に悪いこととは言えないな。上手に使えれば確かに営業はうまくいくかもしれない」

「そうです。問題なのは、彼らはそのためなら手段を選ばないということです。すべての事柄を森脇の『いい言葉』に無理にでも持って行って、嘘をつくことに罪悪感を抱かないことも奨励されている。なぜなら、それは相手のためだから。今一番相手が人生で欲しているものを探り、それを得るために必要なのだとこじつける」

「ふーん。まあ、仕事っていうのは多かれ少なかれ、そういうものだからな」

「ええ。もともと優れた営業マンというのは同様の力を持っていたのでしょう。それを体系的に説明し学ばせるんです。しかも、彼ら自身も、それが自分をも幸せにする方法だと信じ込まされて」

「やっぱり、宗教だな」

「森脇は高い講演料を取って、企業内セミナーの講師もしています。そして、調べてみたら、ジャパン地所もその依頼主の一つです。彼らは、入社して何年かするとある程度業績のいいものを中心に森脇のセミナーを受ける。トップセミナーとか称して。選ばれて、高い成績を残すことが出世の第一歩ですから、皆、がんばる」

「じゃあ、遠藤たちはそのセミナーの受講者？」

「その可能性もありますね。ただ、森脇は多忙ですから、彼の生徒を講師として鍛え、地方の講演やセミナーに回しています。そういうのを、森脇の信者たちはチルドレンと呼んでいるようですが、そのチルドレンかもしれません。ジャパン地所に派遣している」

「なるほど」

「二人の名前を検索してみました。それらしい人物は現れなかった。この時代、SNS一つ見つからないというのは、逆におかしいですね。遠藤のブログもなくなってるし」

「偽名か。なら、どうして、同じ偽名を使ったんだろう」

　仙道はその可能性について答えなかった。代わりに相場が言った。

「気づかせたいんだな。ジャパン地所は、俺らに自分たちが動いていることを知られてもいいと思っているんだな」

　仙道は話しながら、相場の様子が気になっていた。ソファの背に背中をつけたままで、手を前に組んでうなっている。前のめりの様子が出ない。顔色が悪く、肌に艶がなかった。時々、壁に貼った古いポスターをぼんやり眺めている。

「何かありましたか」

「え」

「社長、お疲れではありませんか。ちょっと元気がないようですが」

そんなことないよ、ははは、と言い返すかと思った相場が、うん、とうなずいて、自分の組んだ手を見下ろした。

「このところ、ちょっと体の調子が悪いんだ」

「大丈夫ですか」

「人間ドックでまた肝臓の数値が悪かった」

相場が気落ちしているのは、それだけが原因とは思えなかった。

「ジャパン地所さんにはお世話になったしな」

相場はまた、壁のポスターを見た。

「どういうことですか」

「あの女、覚えているか」

「え」

「防災ポスターの女だよ」

相場が指差したところには、古い火災予防の啓蒙用ポスターが貼ってあった。元アイドルの女優が若い頃の写真だ。

「彼女が丸の内のタワーマンションで死んだ事件、知ってるか」

「ああ、そういえば、なんとなく」

彼女は確か、先輩俳優のマンションの一室で死んでいるところを見つかった。彼は事務所のマネージャーが彼女に鍵を貸しただけだと、当時言い張っていた。さまざまな憶測や噂が飛び交ったが、真相は藪《やぶ》の中だ。

「あの後、ロンダリングしたのがりさ子さんだよ」

「そうだったんですか」

「丸の内のタワーマンションの持ち主がジャパン地所で、俺は会長と会ったことがあるんだよ。その時に。でかい人物だった。東京や丸の内を変えるって言ってた。実際、そうなった」

「いや、でも、会長はもう亡くなって、今の社長はその息子です。彼になってから大きく会社の方針が変わったと聞いています。森脇のセミナーを取り入れるようになったのもそれからです」

「知っているよ。そのくらい、俺だって」

ちょっと押し付けがましい口調になっていたかな、と仙道は反省した。目の前にいるのは、戦後からずっとこの仕事をしてきた男だ。

「しょうがないよなあ」

しばらく黙った後、相場は言った。

「あんたにそういう話を聞いても、じゃあ、どうしたらいいのか、俺にはとんと知恵が浮かばねえ。怖いんだ」

「やめてくださいよ」

「いや、正直言って、ジャパン地所が怖い。やつらが本気でこの商売を妨害してきたことが怖い。意図がわからない。その理由を知りたいと思うより、やつらが本気なら、どうしようもないと思う。昔なら、ジャパン地所に乗り込んで、こちとらの商売に手を出すな、とでも言っただろうが、今は……」

店の奥から、女の子のかわいい笑い声がした。まるで、それもまたジャパン地所がやった演出の一部のように、あまりにもできすぎたタイミングだった。

相場はそちらの方を一度振り返り、また顔を戻した。目をしょぼしょぼさせているのは、家族子孫を守らなければならない老人の顔だった。

「まあちゃん、帰ってくるかもしれませんよ」

仙道は言葉をはさんだ。相場が一番喜びそうなことを。

「そうか」

「帰りたいんだって言っていました。ただ、今は家族のことやら、向こうのアルバイトのことやらを整理しないと」

「しょうがないよな、あの子も」

「でも、こちらに戻りたいって、本当に言ったんですよ」

「人間は自分のしたいことばかりできるわけじゃないんだよ。あの子が戻らなくても、俺は責められない」

そうですか、と言って帰ってくるしかなかった。

事務所に戻ると、相変わらず、町田祐子がパソコンを叩いていた。

「お帰り。お茶でも飲む?」

毎日、変わらないやり取り。

「いや、いい」

仙道は町田の隣に座って、今日の相場の様子を話した。彼女は、ふんふんと小さくあいづちを打って聞いていた。

「で?」

すべての説明が終わると町田は言った。

「でって?」

「だから、それでどうするの、仙道君は、ってこと」

「どうしようもない。依頼側がもうやる気をなくしちゃっているし。調査終了ってこと」

「まあ、しょうがないか」

「うん」

町田はまた激しくパソコンを叩いた。かたかたとリズムのいい音が響く。

町田のタイピング音はいつもそうだ。快く、エンターキーを叩く時だけ、独特のタイミングがある。

その音を聞きながら考える。相場は本当にこれで終わりでいいのだろうか。まあ、ロンダリングをしなくても街の小さな不動産屋としてはほそぼそと商売をしていける。そろそろ、年金ももらえるだろうし。

「今でも失踪しそうだと思う？」

町田が聞いた。

考え事をしていた仙道は一瞬何を聞かれたのかわからなかった。

「今でも、まだ、失踪しそうな気がする？　仙道君は？」

町田は丁寧に言い直した。

「つまり、自分自身が、ということ？」

「そう」

仙道は一時相場不動産のことを脇に置いて、考えてみた。

「いや、今はないね。最近、そういうことをしばらく考えるのも忘れていた」

「私も」

会社の前身になった「失踪クラブ」は、町田と仙道の戯言《ざれごと》から始まった。失踪しそうで自分が怖い、お互い失踪したら探し合おうと。

「なんでだろうね。なんで失踪の恐れがなくなったのかな」

「仕事が変わったから。会社員にはやっぱり、どこかストレスがあった。今は集団でする仕事ではないし」

「それもあるけど……わかってるくせに」

仙道は黙った。

わかっていた。家族がないからだ。

町田は年上の夫を亡くし、自分は妻子の元から離れた。

失踪したくても、逃げるべき母体がない。

「逃げたくても逃げられないね」

「確かに」

「じゃあ、もう、必要ないんじゃない、『失踪クラブ』」

仙道は驚いて、町田の方を見た。彼女はいつの間にかパソコンの手を止め、微笑みながら、こちらを見ていた。

「お互い探す必要ないよ、もう、心配はなくなった」

「でも、それが仕事になった」

「仙道君はね、私はただの事務員。私がやめてもアルバイトの女の子でも雇えば続けられる」

「町田が社長だろ」

「雇われ社長よ。あのね……昨日、仙道君の奥さんに会ったの」

あ、と声にならない声が出た。「悪い」気がついたら謝っていた。

「話したの。これまでのこと、全部、隅から隅まで隠さずに。隠すことなんて最初からないけど。仕事のことも『失踪クラブ』のことも」

「どうして」

「奥さんが聞きたがったから。ここに連絡してきて、会ってほしいと言われた。プライドの高い女性がそうしたいと頼むのは、よほどのことよ」

「……それで」

「たぶん、納得してもらえたと思う。全部、包み隠さず話したから。嘘をついていると は思われなかったはず。実際ついてないし」

「すまなかった」

「いいえ。これまでの失踪のことも話した。うちの夫のことも。北海道のことも」

町田の夫は二人がまだ不倫関係だった時、家族には告げず、町田と北海道に旅行したことがあった。家に戻った時には、失踪届が出ていた。町田自身が図らずも失踪に手を貸したような形になっていた。

しかも、その北海道旅行の中でも、町田の夫は彼女をおいて、流氷の上を三十分以上も歩いて行ってしまったことがあった。

失踪と自殺の恐怖に、町田は立ち合った。

「あなた以外には話したことがなかったことも」

「本当に申し訳ない」

ただ、謝罪の言葉を重ねるしかなかった。

「いいの。本当に。話しているうちになんだか頭の中が整理されたしね」

「そうか」

「奥さん、ずっと気になってたんだって。仙道君には家族がいるのに大きな会社をやめて、昔の同期の女と一緒に起業したこと」やっぱりわだかまりになったそうよ」

「それはちゃんと説明したつもりなんだけどな。

いってことや、自分の処遇に嫌気がさしたこと」

「でも、納得しきれなかったんでしょう。女ならわかるわよ」

「そういうものかな」

「奥さんは、仙道君のことが好きなのよ。まだ愛しているの。だから、気になるし、許せないの」

ちょっと恥ずかしくなって、苦笑いしてしまった。でも、悪い気はしなかった。

妻は子供の頃から美人で、ちょっとした言動やしぐさが相手に大きな意味に取られてしまうことをいつも恐れていた。夫の仙道にさえ、最小限の感情しか表さない。そういう愛の言葉をかけられたことは結婚当初を除けばほとんどなかった。

「元に戻った方がいい。お子さんもいるし、奥さんはやり直したがっている」

「そうかな」

「彼女、よくわかりました、って言ってたけど、完全に本心じゃあないと思う。本当は、私と二人きりで仕事をしていることが嫌なのよ」

そんなことないよ、と弱々しく言った。

「あんな美人に生まれて、人はなんの悩みがあるのかって思うでしょう。でも、そのせいでろくに家の外にも出られないなんて、きっとはたから見たらわからないご苦労がある。それを守ってあげないと。仙道君から謝って、家に戻ってあげて。私はやめる」

「そんな」

抗議の言葉はささやき声になってしまった。

「私はなんとか仕事を見つけられる。大丈夫」

そうだろうか。ここを始めた時、四十近くなったら派遣もすっかりなくなった、と言っていたのに。町田はもう四十五だ。

「今まで話していなかったことを言うね」

「え」

「青井のこと」

前の会社の同期で、二人が初めて処理した失踪の案件だった。彼はその後、新幹線爆破未遂事件を起こして、人を殺した。

「あの夜、青井を大阪の親戚に引き渡した日の夜」

「あ」

最終の新幹線で東京に帰ってきて、仙道は心配になって町田の実家に電話した。彼女は帰宅していなかった。

「あの日、私、どうしても家に帰る気にならなくて、自分の気持ちのやりようがなくて、不倫相手だった彼に連絡したの」

「そうだったのか」

「それまではただ、時々会って話したり、食事をしたりする仲だった。お互い好きで、でも、それを表すことはできなくて、でも、ただ一緒にいたくてどうしようもなかった」

「なんか、妙に生々しいな」

「ごめんなさい。でも、相手が結婚していたし、ずっと年上だったし、踏み込めなかった。それを青井の事件が後押ししたの。あの日がなかったら、たぶん、彼とはそういう仲にもなっていなかったし、結婚もしていなかった」

「そうか」

「もちろん、青井のせいにしているわけじゃないのよ。私は彼を選んだんだから、これからの人生、一人ぼっちになっても仕方がないの」

「そんなこと言うなよ」

「大丈夫、私は一人でやっていける。あの日の夜も、それから、北海道に行った時も、彼と結婚した時にも、私は何度も自分に誓っているの。この恋を選んだのだから、私は自分が孤独に生きることを覚悟しよう、彼がいなくなった後も、決して自分の人生を呪《のろ》ったり、悔やんだりせず、静かに一人で生きて行こうって」

あの日、僕は電話をしたんだよ、ということは口にできなかった。ただ、仙道は、町田がやめることを最後まで許可しなかった。

ずっと失踪に付きまとわれ、失踪で左右され、けれど失踪をなりわいにしなければ生きてこられなかった人生。

自分たちのつながりが、これで終わるわけはないと思った。

それから一週間後、仙道は新宿の都庁の前にいた。

入り口で守衛にチェックされ、アポイントを確認された。セキュリティーが厳しい。八基あるエレベーターの一つで六階に上がる。

「師井《しい》課長、いらっしゃいますか」

教えられた部屋の入り口には若い女性が座っていて、仙道の訪問を待っていた。

「こちらです」

奥の部屋に案内されると、十ほどの机が並んでいる部屋の一番奥に、懐かしい顔を見つけた。

「久しぶりだなあ」

師井は、仙道の大学時代の同窓生で、同じ研究室だった。試験を受けて、都庁のキャリア技官になった。中肉中背、だけど、額だけがずば抜けて大きい。それに合わせるように太い黒縁のメガネをかけているのは学生時代から変わらなかった。

ひどく勉強ができ、少し融通の利かないところがあった。けれど、独特の筋の通し方と正義感を持っている男で、仙道は好きだった。いったいどういう人生を選択するのか、と思っていたら、都庁に入ったと聞いた。ほとんど付き合いはないが、年賀状のやり取りだけは続いていた。

「こっちで話そう」

師井は腰軽く席を立って部屋を出ると、一度廊下に出て、別のドアを開けた。殺風景な部屋に、粗末な応接セットが一揃いあった。

「いいのか、悪いな。都庁の大課長さんの時間を取ってしまって」

仙道が冗談交じりに言うと、「いいの、いいの、やっとなった軽い軽い、雲のような課長だから」と笑った。

カーディガンの女性が持って来た茶を飲みながら、さりげなく近況を話した。

「課長昇進、おめでとう」

「そんなこと言ってくれるの、仙道だけだよ。よくわかったな」

「新聞に載ってたじゃないか。ホームページにも」

「だけど、見る人間はほとんどいないよ」

仙道は前の会社名を告げて、師井のアポイントを取っていた。

「で、なんか、頼みごとがあるんだろ」

一通りの思い出話が終わると、師井はさばさばと言った。

「……いや」

「いいって。ほとんど連絡のなかった同窓生が公務員に会いに来るなんて、頼みごとがあるぐらいしか考えられないし。最初に言っておくけど、できることならいいけど、できないことにははっきりだめだと言うだけだから」

昔から変わらない態度で師井は言った。

「正直、大学の同窓生に誰にでも会うわけじゃない。これでも身体《からだ》は身綺麗にしておかないと、厳しい時代だしね。仙道は面倒なことは言わないだろうし、断れる相手だと思ったから」

「すまん」

「いいんだって。人に頼まれるのもこの仕事の一つだから。ほら、映画の『ゴッドファーザー』に、マフィアの親分がいろんな人にいろいろ頼まれるシーンがあるだろう。あれ観て妙に共感したよ。この世界で偉くなるっていうことは人にものを頼まれることと一緒になっているんだよ」

それほど力もないけど、とつぶやいた。

「だいたい、我々はそういうことに慣れているから。先輩や上司がいろんな人の陳情を受けるのを、二十代からずっと見てきたからね。本当に気にしないで。でも、仙道の会社は精密機器の会社だろ。うちとは畑違いじゃないの？　経産省とかじゃないと。誰かを紹介してほしいとか、そういうこと？」

「まあ。例えば、土地区画整備部の人とかに紹介してもらうことは可能だろうか」

「どんな相手？　僕と同じぐらいの人間でいいの？　それとももっと上？」

「上なら上の方がいいのか……でも、下手に上の人間じゃない方がいいかもしれないし」

「いずれにしろ、案件を聞かないとどうしようもないね」

頭がよく、さばけているので話しやすいのは、昔から変わらなかった。

「最近、新しい条例を作る部屋ができただろう」

「土地区画整備部に？　どうしてわかる？」

「新聞を丹念に見ていたらわかる。若手が何人か異動させられて、そのトップの総括は若手の中のナンバーワンだ」

「よく知っているな」

師井の口数が急に少なくなり、こちらをじっと観察しているのがわかった。

「前に都庁の若手公務員が失踪したことがあってね。親から調査を頼まれたことがあった。それでいろいろ調べていて詳しくなった。条例を作る時は、専用の小部屋が作られて、若手を集めて作業させる。通称『タコ部屋』なんて呼ばれているらしいね。肉体労働の『タコ部屋』と同じで、ひどい精神と肉体の重労働を課される。彼はその仕事が終わった後、失踪した。探し出して、一通り愚痴を聞いたよ」

「そういう若手はめずらしくない。けど、なんなんだ、調査って。仙道は精密機械の会社じゃなかったのか」

「悪い。今の仕事を言ったら警戒して会ってくれないかと思って、嘘をついた」

仙道は新しい名刺を出した。

「失踪ドットコム」

師井は名刺を手にとってじっと見た。

仕事内容と起業した経緯を簡単に説明する。

「ふーん。確かに需要はありそうだな」

「そういうわけで、いろんな調査も請け負っているんだが、それで、ちょっと気になることを知った」

「何よ。うちの条例なんて、たいしたことはないでしょ。決まったら、もちろん、すべて公開されるし」

仙道の正体を知って、師井は逆に気が楽になったようだった。

「二〇二〇年の東京オリンピックに向けて作る、東京都の土地区画整備のための新しい条例だよね」

「もうすぐだからね。突貫工事で作っているよ。たぶん、今頃が一番大変じゃないかな。若手は毎晩、徹夜かタクシー帰りだ。昔、僕も経験あるけど、何日も風呂に入れなかったり、本当に大変だ」

失踪したくなる気持ちもわかるよ、と師井はぼやいた。

「名前は、『東京大都市構想における土地の区画整理及び再利用の促進に関する特別措置条例』だよね」

「そう。ちゃんと発表もしているし、新聞にも載った」

「略して『大東京条例』」

「略称もばっちり決まっている。だけど、それが何？」

「その中には、さまざまな土地利用を促す改革が入っている。いわゆる、規制緩和ってやつ」

「オリンピックまで五年を切っている。だけど、スポーツ施設や宿泊施設はまだまだ足りないからね。少しでも早く建設できるよう、さまざまな規制が緩和される。民間にはむしろ歓迎される話だろ？」

「そうだな。確かに。規制緩和は現内閣の三本の矢の大きな一つだから。けれど、そこには、事故物件の報告義務をなくす一文が入っているんじゃないか」

「事故物件？」

「殺害や自殺、自然死などがあった物件は、今は次に借りる人間に知らせる義務があるが、それを完全になくす条例だよ。また、現在はその後の借り手にも質問があった場合は正直に報告する義務がある。けれど、今度の条例はそれさえも告知義務はないとしている」

師井は黙った。

「どうして知っているのか、っていう顔だね。正規の手続きを踏んだまでだ。調査の依頼人が、地元の都議会議員に頼んで草案を手に入れた。そこにははっきり書いてあった」

師井は肩をすくめた。

「草案は僕もざっとしか読んでないから。あるかもしれないし、ないかもしれない、としか言えない」

「どうして、そんなもの入れる？　オリンピックとは関係ないじゃないか」

「僕はその条例の直接の担当ではないが、あえて説明するなら、大東京条例はオリンピックのためだけに作られるわけではないからね。その後の東京の土地利用を画期的に変えていく話だ。事故物件はそのためだろう」

「まさに次の時代の東京についての話だよな。はっきり言って、東京オリンピック後の日本、東京は一気に不動産不況に陥るだろう。人口は減少し、オリンピックで隠されていたさまざまな問題が爆発するはずだ。土地を商売とする人間なら、その前に一気に儲《もう》けておきたいよね」

「だから何が言いたい」

「事故物件というのは精神の問題だ。人が死んだ後、死体が放置されたような場所には住みたくないというのは、誰もが持つ正直な気持ちだろう。だから、なくならない。条例があろうがなかろうが関係ない」

「どうしたいんだ、仙道は」

「条例が発表される前に、このことをマスコミに流したらどうなるだろう。ジャパン地所を始めとした、大きな不動産会社がこのことに関わって、子飼いの議員を使って官庁を動かしていると知ったら？　最近の新国立競技場の問題を見てもわかるが、人は感情に動かされる」

師井は笑った。

「こっちを脅迫しているの？　そううまくいくかどうか」

「悪い。会ってもらったのに、こんなこと言って。でも、事故物件の問題というのは、規則で片がつく問題じゃないんだよ。あまり触らない方がいい。脅迫という物騒な話じゃなく、アドバイスだと思ってほしい」

師井はため息をついた。

「事故物件の問題なんて、小さなことなんだろう？　さっきも言ったように、条例には不動産会社に有利で庶民には不利なさまざまな条項が入っている。まだ草案の段階で騒ぎになると、面倒なことになるんじゃないか」

「いずれは騒ぎになるだろうけどな」

「こんな小さな事故物件の問題で、今、そっちが騒ぎになることはないんじゃないかな」

「確かに、今、というのはいいタイミングではない」

師井は目をつぶって考えた。と思ったら、すぐに目が開いた。

「わかった。僕の方からも向こうに聞いてみよう。その結果を仙道に連絡するよ」

「ああ。それから」

「まだあるのか」

「それに付随したことだよ」

「一部の大企業がその条例をすんなりと成立させるために、事故物件相手にほそぼそと商売している人間にちょっかいかけているようなんだ」

仙道は、本当はすごみを利かせてそれを言いたかった。映画の中の決めゼリフのように。けれど、相手は昔の同窓生だった。どうも力が出なかった。

「もう、ロンダリングには手を出すな、とジャパン地所に伝えてほしい。東京都の課長様のご威光で」

仙道が都庁に行ったその足で、相場不動産に着いた時には、すでに夕方だった。

真っ赤な夕日が、商店街の向こうに見えた。

「どんな部屋でもお探しします」という、まあちゃん手作りの掛け看板がぶらぶらと揺れているのが見えた。

がらりと音を立てて、引き戸を開けると、めずらしく相場が接客していた。

ちょっと待て、と目で伝えられて、仙道は店の端のソファに座った。疲れていたから目をつぶった。

「だけどね、お嬢さん、そんな部屋ないんだって。パリの屋根裏みたいな部屋なんて」

「だから、どんなに古くてもいいんです。屋根が斜めでも、窓が一つしかなくても」

そっと、客の横顔を見ると、お嬢さん、と呼ばれた女は、まだ少女のように幼く、ふわふわしたワンピースを着ていた。

よっこらしょ、と相場が立ち上がり、後ろの棚からごそごそと資料を探し、彼女の前に一枚のプリントを置いた。

「これが部屋の間取り図、こっちが部屋の中の写真」

「うわあ」

彼女が喜びの声をあげた。

「これ、すごい。本当にパリの部屋みたい。ここです。私が思った通りの部屋です」

「西荻窪、徒歩十二分。南向き。四戸あるマンションの部屋の一つだ」

「ちょっと駅から遠いけど、借ります。借りたいです」

「家賃二十八万。管理費別で」

「え」

「デザイナーズマンションだからな。あんたが言うような物件は日本ではそういう意識の高い人たちが心して作ったものしかないんだよ。おしゃれなものなんて、自然に発生しないの」

「二十八万て、一か月で、ですか」

「他に何があるんだよ」

「一年だったらいいなあって」

「なわけないだろ」

それからしばらく、相場は少女とやりとりし、現実を伝えた。最後には、彼女も、阿佐ケ谷駅に近い築三十年、家賃七万のアパートに少し心を動かされつつ、他も当たると言って出て行った。

「お待たせしたな」

「いえ。大丈夫です。ちょっと休めたので」

目を閉じてソファに座りながら、彼らのやりとりを聞いているのは、悪くなかった。リラックスしていい気持ちだった。

相場は仙道の前にどかっと座った。

「あれから、いろいろ考えてな」

「ええ」

「自分が情けなくなっちまってよ。この相場社長がさ、いくら、大手のジャパン地所相手だって、何もせずに引っ込むとは」

相場はソファの背に手をかけて、ぐるっと店の中を見回した。

「痩せても枯れても、俺は相場不動産の社長だ。一国の主だ。こんなんだから、まあちゃんも帰ってきてくれないのかもしれない。今、娘はまったく不動産業に興味はないが、孫たちの誰か一人でももしかしたら、将来、この店を継ぎたいと言い出すかもしれないしな。まあちゃんでもいい。欲しいなら誰かにくれてやるよ。でも、それまでは店を守らなくちゃな」

彼は仙道を見た。「戦うことにしたよ」

仙道は微笑んだ。「それでこそ、相場社長です」

「ああ」

「だけど、僕の方もちょっとあれから調べましてね」

その調査の結果を伝えに来たんですよ、と言った。

「なんだよ」

「実は……」

仙道は相場の顔をじっと見つめた。疲れ切った老人の顔。でも、目は輝いている。この人が好きだ、と思った。この人たちをあまり恐れさせたくない。戦いたいと言っても、本当は恐れている。穏便に物事が済めば、それに越したことはないと思っているはずだ。

「あのこと……ジャパン地所の陰謀ですが、ちょっと内部の人間に確かめたんです。でも、そんな動きはないって。社内にロンダリングを妨害したり、相場不動産を押しつぶそうとした様子はないって」

「でも、お前」

「ちょっと悪い方に考えすぎたのかもしれません。容姿や名前が似ているからって、偶然かもしれないし」

「本当なのか。それでいいのか。だって、名前の一致だってひとつじゃないし」

相場は身を乗り出し、目をむいた。

「もちろん、これからも警戒は続けます。だけど、このことはあんまり大きく騒ぎ立てない方がいいような気がします。社長も言ったように、同じ偽名を使った人間が現れるなんて、みえみえすぎる」

「だって」

「大丈夫です。何かあれば、僕が必ずチェックして阻止しますから。でも、たぶん、もう起こらないと思いますよ」

相場は不思議そうにこちらをじっと見た。

仙道は一瞬、くらりと心が揺れた。本当のことを話してしまいたかった。そして一緒に戦いたかった。けれど、すぐに戻った。

相場の目の中に、どこかほっとしている色を見つけたからだ。本当はこの人だって、もう戦いたくなんてないんだろう。

「本当にいいんだな」

「ええ。まかせてください」

できるだけ一人で処理しよう。泥をかぶるのは自分だけでいい。

「それより、ちょっとお願いがあるのですが」

「なんだよ」

「こちらで、一人、人を雇ってくれませんか」

「まあ、ちょうどまあちゃんの代わりを探しているところだからな。できる人間なら願ったりだが」

「うちの会社の、町田祐子です」

「ああ。電話で話したことがあるよ。よくできたお姉ちゃんだな」

「仕事の仕切りのうまさや真面目さは折り紙付きです。不動産関係は初心者ですが、さまざまな派遣先で働いたことがあるし、勉強熱心なのですぐに慣れるでしょう」

「俺が女の子に求めるのは、気が強くて明るい子がいいってことだけだよ。電話の声を聞くだけで、それは大丈夫な気がする。だけど、どうして、そっちの会社を離れる？」

「ちょっと環境を変えたいんです。僕も町田も」

相場は仙道の目の中をのぞき込んできた。だけど、それ以上尋ねなかった。

「でも、まあちゃんが戻ってきたら」

「その時は、まあちゃんを僕の会社に。社員を交換するみたいでアレですが、彼女もその方が働きやすいかもしれません」

「……一理ある」

「町田のことが決まれば、僕からまあちゃんにうちで働かないか、聞いてみるつもりです。直接、ここに戻ってくるのは彼女も多少わだかまりがあるでしょうから」

「わかった。来週にでも、町田さんをここに寄越してくれ」

「じゃあ、まあちゃんの方にも電話してみましょう」

え、今？　と慌てる相場をしり目に、仙道はスマホを出した。彼女の明るい声がした。

「仙道さん？　どうしたの？」

「ああ、まあちゃん？　突然だけどさ」

相場の方を見ると、手を祈るように組んでいる。

「僕の会社で働かないか？　もう、相場社長には話してある」

僕のところに来てくれ。君の力が必要なんだ。

矢継ぎ早に誘われて、彼女は戸惑いながら「いいけど、なんで急に」と了承した。

「まあちゃん、東京に帰ってくるそうです」

電話を切りながら報告すると、相場は仙道を拝むように頭を下げた。

「ありがてえ。恩に着るよ」

飲みに行こう、と誘われたのを断って、仙道は店を後にした。

外はすっかり暗くなっていた。

仙道はスマホを取り出すと、町田に報告しようと操作した。

しかし、つながる前に切って、別の番号にかけ直す。

「はい?」

用心深く出たのは、妻の声だった。

「ちょっと話があるから、今夜はそっちに行っていいか?」

彼女は息を飲んで、答えなかった。けれど、仙道にとってはどちらでもいいことだった。彼女の答えがどちらでも、彼は家に帰って、息子たちと彼女に会うことに決めていた。

解　説

神田法子

「ロンダリングという職業は私の創作したものなのに、実際にあると思われてどうやって取材したのかってよく訊《き》かれるんですよ」

ひ香さんはそう言って神妙な顔をされた。デビューしてから二作目に書いた『東京ロンダリング』がヒットし、一躍注目作家となられた頃のことだったと記憶している。

原田ひ香さんが『はじまらないティータイム』ですばる文学賞を受賞してデビューされた年と私がすばる誌に書評を書き始めたタイミングが重なること、また年齢的にも同世代ということから、大変図々《ずうずう》しくも勝手に近しい共感を抱かせていただいていた。だが、そんな共感に恥じらいを覚えるほど、ひ香さんは次々と鋭い切り口によるヒット作を連発されて今や人気作家の一人としてご活躍だ。お会いするたびにたおやかという言葉がよく似合いそうなこの女性から、どうやったらこんなエッジの利いた小説が生まれるんだろうという興味が湧いてくる。いろいろな意味で魅せられ続けながら、見つめ続けてきた作家の一人である。

原田ひ香さんという作家の特徴として一つ挙げられるのは、衣食住という人が生きていく上での基本的な要素に着目し、誰もが経験する中で共感を呼ぶような、あるいは問題意識を抱くようなテーマを描き続けてきたことだ。『東京ロンダリング』は不動産業に付随する形で「住」の部分をメインテーマにしつつ、食の描写の鮮やかさも随所に散りばめられていて、それは本作『事故物件、いかがですか？ 東京ロンダリング』にも引き継がれている（さびれた部屋の様子、食堂メニューの美味しそうな感じなど優れた描写は健在だ）。

先にも挙げたように百戦錬磨の新聞記者や書評家が思わず実在する職業だと思い込んでしまうほど、ロンダリングという仕事にはリアリティがある。

ロンダリング（laundering）という言葉には「洗浄」という訳語がよく当てられるが、英語の launder（洗濯する）という動詞から名詞化したものだ。水を通して汚れを落とす意味から、不正に得た資金を金融機関に預け入れることで合法的なものに見せかけることを示す「マネーロンダリング」という造語がよくニュースなどでも使われるようになり、身近な単語となった。この何かを通すことで汚れを落とすというイメージから、自殺や変死が出た事故物件に一か月だけ住むことで不動産業者による説明責任を回避させる「ロンダリング」という仕事を思いついたのであろう。

そして「東京」という地名を冠することによって、その意味はさらに深化する。本作でも言及されるように東京は人が集まりひしめく都市で、その分死者の数も多くなるのだが、日本人の意識として死は穢《けが》れとして扱われるものだから、できれば隠したいという意図が働く。一方で、事故物件サイトや事故物件芸人といったそれを暴く存在があるように、怖いもの見たさから知りたいという気持ちを煽《あお》る動きもあって、人々の心はその間を行ったり来たり翻弄される。

また東京に住まうということは、地方出身者の割合や地価の高さから考えて、金銭をシビアに伴うものである（衣食住における「お金の動き」に関する繊細な描写も原田ひ香の筆を冴《さ》え渡らせる得意技の一つである）。死という穢れによって物件が住人に避けられ、また風評被害をもたらすことは大家にとってはかなり痛手であり、仲介する不動産業者にとっても厄介な問題である。それを解決するための手段として生み出されたロンダリングという仕事をするのはどんな人かということを描くこと、すなわち特殊な能力や遍歴を持っているわけではないごく普通の人が、だがひょんなことから何もかも失い、切羽詰まってやらざるを得ない状況に陥ってしまう現代のさりげない闇（さりげないゆえに誰もが陥る可能性を秘めている）を描くことに成功したのが『東京ロンダリング』という作品であった。

『東京ロンダリング』より五年の時を経て出版された本作『事故物件、いかがですか？　東京ロンダリング』（単行本時『失踪.com　東京ロンダリング』より改題）は『東京ロンダリング』の世界観を引き継ぎつつ、独立した作品として書かれたものだ。

前作に引き続きロンダリングを引き受けざるを得なくなった人たちが登場し、彼らは「影」と呼ばれる存在として描かれる。だが、景気の変化などによって「影」の役割を担う人たちにも多少の質のブレが出てきていることもストーリーにある時は深刻に、またある時にはコミカルに波紋を投げかけている。

併せて、ロンダリングが必要となってしまった大家、仲介している不動産業者、同僚がロンダリングをしていることを知るサラリーマンなど（いずれも「普通の人」である）の視点から、ロンダリングという仕事をめぐるエピソードを展開させると同時に、ロンダリング（≠死）に隣接する現象として「失踪」をフィーチャーして現代の闇を浮かび上がらせている。

法治国家、管理社会と言われる日本でも、意外と失踪する人は多いというのは漠然と聞いたことがあるかもしれない。本作では失踪専門の調査会社である「失踪ドットコム」という会社が登場するが、他にも大企業には失踪者を専門に調査する部署さえあると書かれている（のがロンダリング同様、創作かどうかは読者の想像におまかせする）。

失踪はいわば「死に至らない病」と言ってもいいだろう。失踪ドットコムの調査員・

仙道は繰り返し言う。失踪はよくあることで、働きアリの二割が働かないことでアリの世界が成り立っているのと同じように社会に必要なシステムですらあるかもしれない、と。毎日いた場所、通っていた場所にいられなくなり逃げてしまう失踪は確かにエラーの一つなのであろうが、それによって存在を全否定するとさらに大きなエラー（場合によっては犯罪や死）を引き起こすことがある、失踪者が戻れる場所を確保してあげることが大事なのだという理論には妙な説得力があり、またどこか安心感すら覚えさせる何かがある。

失踪をするほどだからみんなそれなりに追い詰められているのは事実だろう。そんな人物に共通して登場する記号として、自己啓発本の作家である森脇智弘（他に登場する啓発本の例では実在の作者名もあるがこの人物は架空の存在であると思われる）と、彼が発する「結局自分はどうしたいのか」「どうしたら幸せになれるのか」という問いが、どんどん伝播《でんぱ》するようにいろいろな人の口から発せられていくのが興味深い。どんな社会の闇に飲み込まれそうになったとしても、結局はそれを自分の中で問い解決を見出《みいだ》していくことで最悪の事態は回避できるという活路が提示されていると見ていいのかもしれない。

もう一つ、本作にも活《い》かされている原田ひ香節の真骨頂として「女性に対する女性の視線」というものを挙げておきたい。

原田ひ香作品では、世間が期待する女性性には美しさや優しさがありそれを男性に認められて幸せになるという風潮を皮肉るように、美しい女性も経済的に恵まれた女性もまたそれらと無縁に過ごしている女性も登場するが、彼女たちは驚くほど冷静かつシビアにお互いを見て、その価値を判断している。その視線が痛快だ(一度、ひ香さんにこっそり「女性の女性に対する静かな悪意がすごくありませんか?」と訊いたことがあり、その時彼女はふふっと小さく笑ったのだが、「そこ見抜きましたね」と言われた気がした)。

本作ではその視点は「自己評価」という形で表れている。夫の無理解に疲れ果てた加島康江、生活保護を申請せざるを得ないくらい追い詰められながら不動産屋を回る小石川君江、ひっそりと定食屋で働いていたのにロンダリングの白羽の矢を立てられるりさ子、不動産屋のまあちゃん……彼女たちは、自分の周囲の他の女性たちにも冷静な視線を向けつつ、自分自身の評価をシビアにしている。容姿や経歴、経済事情なども含めて、お世辞にも高い評価を得られるわけではない自分を認識しつつ、東京を生きている。彼女たちにも先に挙げた「結局自分はどうしたいのか」という問いは突きつけられていると言えるだろう。

社会や人の心理に潜む闇の部分を繊細に描く描写だけでも十分に堪能《たんのう》できるのだが、

小説としての面白さを追求した活劇的要素も忘れないのが原田ひ香作品の魅力だ。これはひ香さんが小説家デビュー前にラジオドラマの脚本の仕事をしていらしたことも関係していると思われるのだが、その腕は未《いま》だ健在で本作にも活かされている。

東京の「住」をめぐって、あるいは「失踪」をめぐって悩む人たちの目の前に現れる謎の人物を複数設定し、それらの共通事項を突き詰めていくことで「大東京条例」と呼ばれる大きな意思が働いていることが浮かび上がるミステリタッチの展開だ。ロンダリングという小さな闇を社会の中に組み込んでいた部分に鋭い亀裂が入れられていく。それまでバラバラに展開していたエピソードが一気に絡み合って生み出されるダイナミズムと、知の活劇とも呼びたくなるような推理と展開に息を呑《の》むようなスリリングな楽しみを見出すことができるのはさすがとしか言いようがない。人気作家たる本質ここにあり、といったところだろう。

大東京条例に関連して東京オリンピック二〇二〇の話題が出ていたので、ここで二〇二二年の現在、本作を読んでいるという意義を改めて確認しておきたい。

「開催まで五年を切った」と書かれている東京五輪は、実際には一年遅れの二〇二一年夏に開催された。いうまでもなく、二〇二〇年初頭より全世界を脅かした新型コロナウイルス感染症の影響によるものである。

コロナ禍の現在、ロンダリングはますます必要性を増したと言えるだろう。死の穢れは概念的なものではなく、感染症による危険という実質的な部分にまで及んでいるのだから。国民的お笑いスターが新型コロナウイルス感染症で亡くなった際、葬儀すらできず遺骨になった状態で家族に引き渡されたという衝撃を私たちはまだ忘れられない。

実際にはもっとたくさんの名もなき人たちもどこかでひっそり亡くなり、そこは忌むべき場所になっているだろう。そこにロンダリングが要請されたら、どんな人がどんな事情で入るのだろう？

職業自体は架空で作られたものなのかもしれない。だが、そこには現代社会に生きる私たちが必要としているものが厳然として存在していること。この小説はロンダリングという仕事に投影する形で、この社会に望まれているものの本質を突きつけてくれる。

（かんだ・のりこ　ライター）

本書は、二〇一六年九月、書き下ろし単行本として集英社より刊行された『失踪.com　東京ロンダリング』を文庫化にあたり、『事故物件、いかがですか？　東京ロンダリング』と改題したものです。

原田ひ香の本

東京ロンダリング

変死などの起こった物件に一か月だけ住み、また次に移るという奇妙な仕事をするりさ子。心に傷を持ち身一つで東京を転々とする彼女は、人の温かさに触れて少しずつ変わっていく。

原田ひ香の本

ミチルさん、今日も上機嫌

四十五歳バツイチのミチルは三か月前に彼氏と別れ、チラシのポスティングで糊口をしのぐ日々。恋愛、仕事、友人関係。人生の岐路に立った彼女が選ぶ道とは。ハートフルストーリー。

集英社文庫

集英社文庫

事故物件《じこぶっけん》、いかがですか？　東京《とうきょう》ロンダリング

2022年 5 月25日　第 1 刷　　定価はカバーに表示してあります。

著　者　原田《はらだ》ひ香《か》

発行者　徳永　真

発行所　株式会社 集英社

東京都千代田区一ツ橋2-5-10　〒101-8050

電話　【編集部】03-3230-6095

【読者係】03-3230-6080

【販売部】03-3230-6393（書店専用）

印　刷　大日本印刷株式会社

製　本　大日本印刷株式会社

フォーマットデザイン　アリヤマデザインストア　　マークデザイン　居山浩二

ISBN978-4-08-744384-4 C0193